逆 光

水格 著

{Back to the

light

}

作家出版社

逆光

。岁六十的们我和水雨的头尽界世。

start >>>>>>

第 一 回　>>>>>>

[一]

白昼渐渐变短。

变得在早上五点起床上学时天还没有亮透。

几线星光贴着清冷的天空消失在云朵的后面。

响过了几次雷声，下过了几次暴雨，刮过几次大风，夏天也就渐渐地走远了。

渐渐消失的温度，以及灼热的光线。

宽阔的柏油马路上再也不见了洒水车。

最后一场暴雨过后，整个青耳城像是漂浮在水上的一座城市，安静而透明。

因为日光的稀薄和温度的降低，穿短袖去学校的学生，会冷起一身鸡皮疙瘩。

然后一边坐在阳光下刷刷刷地写着卷子，一边皱着眉头看着窗外落了一地的树叶，叹了口气，夏天怎么就走远了呢？

"还真是作孽啊。"母亲朝正在胡乱地咬着面包的陈锦念招了招手，"你快过来看看，你上学路过的那所职专出事了，有个学生被捅刀子了。"

"都上电视了？"陈锦念叨着面包快步走过来。

"可不是，你说这孩子他妈得多伤心。"电视画面从被捅刀子的男生面前快速闪过，"所以就算当初要花一点赞助费把你送到青耳中学也是件好事，至少你们学校的学生不会这么没素质，在大街上跟人打群架，要是有一天，你出了点什么事，我可真受不了。"画面切换到终年板着一张脸的女主持人身上，"昨晚五点左右，记者再次联系到受伤学生的家属，他告诉记者，受害学生谢某还在医院接受治疗，警方仍未查出凶手是谁……"

"呃，现在仔细看看，他还蛮好看的哦。"

"你这是说的什么话？"母亲的口气陡然起疑，"你不会是认识他吧？"

"不认识。"斩钉截铁地否定。

松了一口气的母亲继续喝起了牛奶："啧啧，真是作孽啊。"

"妈，我走了。"

母亲捧着碗回头嘱咐着拎起书包的陈锦念："在外面，你可得离那些不良少年远点。"

"好了好了。"陈锦念笑笑，"我上学要迟到了。"

"啪"地一声关上了门。

像是想用力地逃脱什么可怕的境地，陈锦念重重地舒了口气。

——如果按电视新闻所说，是职专二年级的学生，那么应该是长自己一岁的吧。

——看上去，的确还算蛮帅的。

——呐，保佑他平安吧。要不然的话，陈锦念真不知道那个被埋在肚子里的秘密要怎么办才好。

——能烂在肚子里就烂在肚子里吧。

做完值日的时候，就连黄昏的光线也弱了下去。偌大的操场就像是放空了水的蓄水池。空空荡荡，连一个人影也没有。静得像是落在操场上的一根羽毛的声音都清晰可辨。

跟好友秦斯在学校门口告别后，陈锦念需要穿过一条狭长的胡同到对面的马路上去搭电车。

黎朵朵跟三个平日里比较要好的女生迎面走过来时，陈锦念紧了紧肩上的书包，换上了一脸讶然的表情："你们怎么在这里啊？"

这话像是说给了空气，被巨大的沉默稀释在黄昏的光线里。

黎朵朵她们像是事先排练好了一样把陈锦念前后左右围了个水泄不通。而站在正对面的黎朵朵杀气十足的表情着实吓到了陈锦念。

这里正是胡同最隐秘的中间地带，人迹稀少，天色又逐渐黑了下来。陈锦念嗅到了空气中紧张的味道。她试图转动身体，可是四只手像是铁钳一样夹住了双肩。

"你们干什么呀？"一张嘴就带出了哭腔。

黎朵朵扬起了高傲的下巴："你喜欢堂兴圣？"

"怎么可能？"陈锦念皱了皱眉，"我喜欢他？"

"不是么？"来不及防备，一个元气十足的耳光甩在了陈锦念的脸上，火辣辣的疼，"可是堂兴圣却不这么说。"

从小到大，从没受过这样的欺负。所以陈锦念的第一反应是想还手，一挣却发现两条胳膊都被紧紧地抓住了，一动都不能动。

委屈的眼泪就涌了上来。

"堂兴圣说什么了？"

"你还问我？你不是都跟他表白了么？"黎朵朵抱着胳膊，从鼻子里发出不轻不重的一声"哼"，那表情欠揍极了。可无奈势单力薄，陈锦念毫无还手之力，黎朵朵把脸凑了过来，狰狞着笑，"这些可都是他亲口跟我说的。"

逆
+ Back to the light +
光

水格作品

"他放屁!"

"别啊!"黎朵朵一把扯住陈锦念的头发,"都跟人家表白了,你别不好意思承认啊。这让人家堂兴圣多没面子啊!"

"我和堂兴圣什么关系都没有,他怎么能这样随便侮辱人呢?"陈锦念急得大声嚷嚷起来。

"我看你是巴不得被他'侮辱'一下吧?"黎朵朵抓住头发的手用力一扯,陈锦念尖锐的叫声立刻响起。"怎么样?很疼吧?"

"你喜欢堂兴圣?"陈锦念白着一张脸问黎朵朵。

旁边的女生帮腔地说着:"我们家朵朵跟堂兴圣多配啊,往一起一站,那就跟从漫画里走出来的一样,要不是你这个小蹄子掺和进来,堂兴圣怎么会拒绝我们家朵朵的表白呢。"

陈锦念顿时明白了事情的来龙去脉。

甚至有些想笑,自己怎么就这么悲惨地掉进了这个可恶的漩涡。就像是一个在大街上走着走着的人突然被人在身后插了一把刀,要不是刚才扭着她胳膊的女生多嘴这一句,她连自己怎么死的都不清楚。

"你放心,我不会和堂兴圣谈恋爱的。"

"呐,陈锦念,你记得你说的这句话。"黎朵朵冷冷地笑了一下,"要不然,我要你死得好看!"然后她挥了挥手招呼着其他三个人,"我们走!"

黎朵朵她们四个人的身影消失在胡同尽头的时候,陈锦念蹲下身来,捡起掉在地上的书包。而一个骑着单车的少年一路摇着车铃正朝这边骑过来。

"借下光啦!"大呼小叫着来到了近前,却无奈胡同太狭窄以至于不得不停下来,从车上跳下来的少年明显有些生气,"你这人怎么这样啊!"

"我怎样了?"突然拔高的声音叫男生吓了一跳。

一张脸凑过来:"不会吧?你哭了。"

"不关你的事。"

"这你也能哭。"男生笑嘻嘻地搔了搔后脑勺,"女生还真是麻烦。"

"你走开啊!"

"你不让道我怎么走开啊?"男生一副无赖的口吻。

陈锦念把书包背好朝前走去。

男生则慢吞吞地蹬着车跟在身后："喂——你跟我说，黎朵朵她们刚才是不是找你麻烦了？"

"不关你的事。"

"怎么说我们也是同学啊！"男生搔了搔后脑勺，"你也知道我这人最爱打抱不平了。她们把你怎么了，是不是因为堂兴圣？你说——"

"你哪来那么多废话？"陈锦念急得冲男生直跺脚，"你不嫌烦我都烦了啊！"

"你这人怎么这样啊。"沈哲把车子用力一蹬，越到陈锦念的前边去，"喂。你别哭了。哭花了脸很丑的，再说了，我会对你负责的！"

"滚！"

"得，我滚，我滚还不行么？"男生弓下身体用力地踩下踏板，突然想起来什么似的回过头来说，"早点回家吧。女生一个人走夜路不安全的！万一遇上色狼可了不得诶。"

暮色里少年的身影渐渐消失之后，陈锦念的眼泪又一次吧嗒吧嗒地掉下来。

[三]

在冗长的数学课结束之后，陈锦念走到了堂兴圣的书桌前。

"你出来一下。"

其实就算再多挨黎朵朵两个巴掌也无所谓，关键是和堂兴圣传出了不清不白的绯闻来这件事，对陈锦念来说，简直是奇耻大辱。

"你说我跑去跟你表白？"走廊上人来人往。不远处站着黎朵朵。

男生抬头朝远处看了一下："呃。"

"'呃'是什么意思？"陈锦念焦急地求证着，"你是承认了？"

"黎朵朵很粘人的，而且我——"男生一脸的平静。

"所以你就说咱们俩谈恋爱了？"陈锦念简直不敢相信自己的耳朵，自己就这么平白无故地被拖下水不说，还挨了一巴掌，她气得直跺脚，"你这个人怎么这么不要脸啊！"

"……"男生把手搭在眉毛上，"事情还真是有点麻烦。"

"你麻烦？"陈锦念扯着喉咙不管不顾地喊开了，"你知不知道你给我惹了多大的麻烦？我跟你说，以后你要是再扯上我的话，我……"

"事情都这样了。你还想怎么样？"堂兴圣像是很无所谓地伸了一个懒腰，"你说完了吧，那我回去了。"

陈锦念被男生这种态度彻底气坏了，全身的血液在一瞬间全都涌上头部："堂！兴！圣！"

"你那么大声干什么？"

"我要你还我清白。"

"其实，我……"男生抓了抓头发，"我对你还没有做过什么过格的事吧。"

男生淡淡的口气让陈锦念怀疑是不是自己听错了。等注意到男生的目光似乎是停在自己的胸上时，就像是谁在陈锦念小小的胸腔里倒进了一杯硫酸，响着嘶啦嘶啦的灼伤声。攥紧的拳头忍不住抬了起来。

[四]

和堂兴圣并排站在办公室被老师训斥的时候，陈锦念有点骄傲地挺起了下巴，但眼睛还像是罩上了一层白茫茫的雾。

冷冷地泛着白光的雾，越来越浓，就要凝结成水滴，从眼睛里淌出来。

看不清对面老师的表情。

身旁男生的声音却格外清晰："我真的没动她一根手指头，真的老师，我跟你说这个谎干什么，再怎么着，我也不会跟女生一般见识的——"不用转过头，陈锦念都想象得到堂兴圣一脸让人讨厌的表情。

老师转向了陈锦念："他欺负你了？"

陈锦念摇了摇头。

"那好端端的，你在走廊上跟人家吵什么架？"

"他造谣生事，诋毁我的名声。他还……"下面的话说不下去，两滴水砸在手背上，冷冰冰的。

"造谣？"

"他跟别的人说我喜欢他……我喜欢他啊，我烦他还烦不过来呢，"陈锦念抬手指着一脸无辜的堂兴圣，眼泪开始像断了线的珠子一样噼里啪啦地掉下来，连说话的声音都变了，"一天到晚臭着一张脸，长得好看了不起啊，学习好了不起啊，别以为老师得意你、女生喜欢你，你就不知道自己是谁了。我跟你说，堂兴圣，在我眼里，你什么都不是！"

轮到面前的老师挺不住了，一张脸白得跟纸似的："陈锦念，同学之间有什么矛盾慢慢调节，都你这个态度的话，你们还怎么处？"

"谁跟他处啊？"陈锦念急了。

"堂兴圣他挺好的，哪得罪你了？"老师的立场也跟随着形势转移到男生的一侧来，"你这么说话可是不讲理啊。况且，你说人家造谣也得有证据啊。"

"我还想问他要证据呢。"陈锦念瞪着男生，"你说，我什么时候跟你表白了？"

堂兴圣不慌不忙地从裤子口袋里掏出一封信来，胸有成竹地递过去说："呐，这就是了。"

"什么？"

"你写给我的情书啊。"

先于陈锦念抢过去拜读的是对少男少女的感情充满偷窥欲的老师，逐字研读后含混不清地笑了起来："这个事就算过去了，你们俩都回去吧。不过，陈锦念，你以后不能这么胡闹了。小心我给你送到教导处去记处分。"

"老师，我——"

却是不容分说，老师挥了挥手说："再多说一个字，我都要给你记处分。"

就这么倒霉地在与堂兴圣的较量中败了下风，满肚子委屈的陈锦念在走出门口后恨恨地说："没看出来哈，你居然还这么会算计。居然捏造出一封情书来陷害我?"

"我陷害你?"堂兴圣很无奈地笑了笑，"如果你真的喜欢我，请直接说，没必要靠这种方式引起我的注意。"

"这句话应该我说才对吧？你是不是因为很喜欢我才跟黎朵朵那么说，而你刚才给老师的信，其实是黎朵朵写给你的情书。"陈锦念很为自己推理之缜密而激动，一脸期待地看向男生去求证。

堂兴圣先是怔了下，半晌都说不出话。

"被我言中了吧!"陈锦念愤愤地说，"我最讨厌那种表里不一的男生!你做过的那些坏事，别以为人家不知道!"

"你什么意思?"堂兴圣生气地说。

"不用我挑明了说给你听吧。"

陈锦念离开后，一条狭长而安静的走廊上，就那么孤孤单单地站着堂兴圣，凉风从一头贴着地面吹过来，卷起了地上细小的灰尘。

[五]

很多人眼里的白马王子。

从一入学，就抓人眼球的男生。

即使套在宽大难看的运动服里，还是不能削减他的锐气和锋芒。时光精雕细琢下的尤物，像是一块微微泛着光的宝石，让女生欢喜，让男生嫉妒。就是这样的堂兴圣，始终冷着表情，除了亲近那个活蹦乱跳的沈哲之外，几乎难得会和其他人说上一两句话。

入学成绩第一名;

打得一手好篮球;

刚一入学就被调进了学生会;

课桌里经常会掉出女生趁他不在时塞进去的情书;

而收到情书之后总会不声不响地把情书放在书包里，无论接受还是拒绝，从不张扬。

如果没有之前遇见的那些事，那么，陈锦念或许也会理所当然地认为堂兴圣是这样释放光芒和让人景仰的男生。

　　可是——

[六]

　　是不是所有人都有两张面孔，甚至更多。

　　就像是电视里常常有那种变脸的演出，在一分钟之内可以变出几十张脸来。而这样的演出一旦成为了现实，还是让陈锦念这样简单通透的女生无法忍受。

　　人怎么可以虚伪到这个地步？

　　前几天电视新闻里报道的学生斗殴事件引起了学校的关注。虽然跟青耳中学没什么瓜葛。但经媒体一炒，立刻成为近段时间全城关注的话题。据说那个读职专二年级的学生至今仍躺在医院里没有出来。而凶手仍然逃之夭夭。学校召开了全体学生大会，中间安排了一个环节是学生宣誓不参与暴力斗殴事件。

　　对于这种起不到多大实际作用的冗长会议，陈锦念抱以嗤之以鼻的态度。所以靠着好友秦斯的肩膀昏昏欲睡。

　　"喂，看，又是你们班帅哥！"秦斯兴奋地叫醒陈锦念。

　　强打着精神抬眼看去——

　　礼堂的讲台上站着陈锦念最不想看见的人。

　　堂兴圣，他这种人，竟然也可以冠冕堂皇地宣誓。

　　那个秘密，就像是停留在远处天空上的黑色云团，被风一吹，不是散去，而是离自己越来越近，一直到覆盖住自己头顶的阳光。

　　在所处的地面上投射出一片巨大而空旷的阴影。

逆 + Back to the light + 光

水格作品

那个人真的是他么。

而一周之前，职专学生被刺的那个早晨。天蒙蒙亮，陈锦念因为前一天迟到被老师骂得狗血淋头，所以起了个大早赶去上学。刚出门的时候，甚至还能看见天上微薄的几缕星光。把事先温好的牛奶拿出来喝，喝了没几口就听见一片喊杀声。

尖锐得几乎撕破耳膜。

陈锦念看见的一幕有些惊心动魄，如此的暴力场面在现实生活中上演对于陈锦念来说是个不小的震撼，以至于那袋没喝几口的牛奶掉在了地上。

一片混乱中，一个男生把刀子捅进了另外一个男生的身体。

那些之前还在喊喊杀杀的其他人都在那一瞬静止下来。然后不一会儿，全体作鸟兽散，空荡荡的街道上只见一个黑衣少年倒在血泊里。

这个时候，那个跑在最后面的男生回头看了一眼，目光刚好迎上了陈锦念的视线。如果没有看错的话，那个人不是堂兴圣么。

不知从哪来的勇气，陈锦念快步走过去，弯下身去看躺在地上痛苦抽搐的男生，一张完全陌生的脸，因为疼痛而微微闭着眼睛，只是一迭声地喊着："救我——"

陈锦念迅速掏出手机拨通了120。

然后看了看四下无人的街道，突然涌过来的惶恐贯穿了胸腔，像是眼下这个男生的遭遇是自己一手制造般的惶恐，于是仓皇地逃窜掉了。

如同堂兴圣脱逃时不甘地也回望了一眼。

——呐，说不清凶手就是堂兴圣呢。

——要是他再惹我，我就揭发他！

——这种制造事端的人居然还有脸在上面宣誓。一点都不脸红吗。

于是，陈锦念转过头来对秦斯说："你知道吗，堂兴圣就是一个杀人犯噢。砍人那天我在现场看到他来的。"

"啊?"意料中的震惊，"不可能吧。"

[七]

又一次睡过了头的陈锦念确定无疑会迟到。因为狼吞虎咽地吃下早饭冲出家门时，抬起手腕看了看表，像是第一节课已经开始了，陈锦念急得眼泪差点掉下来了。

被老师训斥是预料之中的事。
但仅仅是被老师教训也不足以使陈锦念烦恼到如此地步。

三步并做两步上蹿下跳地冲上三楼的时候，一抬头看见了从走廊尽头迎面走过来的男生。
虽然已是夏末秋初却还是一身白色衬衫，袖子卷起，露出一节古铜色的小臂来。而胸口处歪歪斜斜地别着青耳中学的学生卡。
走路的时候微微垂着头，像是不屑于理睬他人的表情。
大多数时候耳朵里塞着耳机，却搞不清楚里面响的是什么。
书包斜挎在肩上，勒出男生肩胛骨清瘦的线条来。

书包？
突然意识到什么。
突然觉得身上空空荡荡的。下意识地去抓自己的双肩，抓到的却是一团空气。陈锦念的嘴巴咧了咧，难过得想哭起来。
——居然没带书包就来上学了。
——满脑袋都是自己一只脚踏出门口，母亲一把扯过书包扔到沙发上的动作，而忙乱地吃完早餐之后，就把那只躺在沙发上的书包忘得一干二净了。

脚步却没有因为这个吃惊的发现而停下来，在惯性使然的情况下，仍然

逆
+ Back to the light +
光
水格作品

保持着可以称得上是"飞奔"的速度。拳头握紧,恨不得把每个跑到自己面前的人锤成肉酱。全情投入的愤怒让陈锦念在意识到要撞上人的时候收住了脚。

却无济于事。

整个人像是一面墙一样结结实实地撞了过去。

男生高出自己一头的缘故,陈锦念的一张脸贴在对方的胸膛上。

怕反弹回来狼狈不堪地坐在地上,所以下意识地两手抓紧男生的腰。旁观者来看,这称得上是漫画中的经典场景。

只是接下来的对话却急转直下——

敛着眉毛的男生垂下眼睑,淡淡地说:"喂,抱够了没有?"

"……啊。"努力了半天把思维从书包拉回到男生身上来。

"抱够了请你放开我。"

慌乱地松开双手。

"……我。"

"你眼睛不好用么?大白天往我身上撞。"

"堂!兴!圣!"

安静的走廊因为陈锦念突然失控的大喊大叫而立刻被灌满了声音。

[八]

正在高一(6)班讲早课的班主任立刻把门打开,然后看到了握着拳头抻长脖子踮起脚尖跃跃欲试的陈锦念和站在她对面的背着书包的堂兴圣。

虽然内心也很不满陈锦念破坏了早读课的安静气氛,但比起斜挎着书包摇摇晃晃地站在教室门口的堂兴圣来说,班主任显然认为迟到是更不可饶恕的错误。

所以他毫不客气地冲着堂兴圣咆哮起来:"给我在门口站半个小时再跟我解释!"

而陈锦念则在老师的默许下溜到座位上去。

顺手扯过同桌的课本，翻开来装模作样地读起书来。同桌拿胳膊肘捅了锦念一下小声说起话来，早读课开始，老师问起你怎么没来，我跟他讲你大约是去值日了。当时班级上有七八个人不在教室呢。

陈锦念皱起眉头来，可是明明昨天咱们俩一起值日。

我知道呀。用脚指头想想都知道你又迟到了。我就帮你扯了一个谎。不过你还真聪明，是把书包放在储物柜里面才上来的吧。

直到这时才恍然大悟。

原来老师放自己一马不是因为自己相貌俊美成绩突出，仅仅是因为没背书包而被误认为是做值日才归来。

而跟自己一样迟到的堂兴圣却那么不巧地被老师逮个正着。心情莫名其妙地好起来，就好像刚才的尴尬有人帮自己报了仇一样。

从同桌手里抢过课本，然后压低声音说："其实是我今天把书包忘家里了，所以说因祸得福诶……"

话还没说，门被呼啦一下推开了。外面的冷空气裹胁着男生的愤怒一起泄进来。"老师——"

"出去！"

"老师，我有话要讲。"

"我叫你出去！"

——班主任是青耳中学有名的"冷面杀手"。第一天上课笑眯眯地问全班学生好。然后自我介绍说："我姓yan，同学们猜一猜，我是哪个yan啊？"那会儿陈锦念觉得这老师还挺有幽默感，于是跟着大家异口同声地回应老师："严肃的严。"但见讲台上的班主任脸色一变，冷得一片肃杀。"不！"有力地挥了挥手，"比严肃的严要可怕多了，是阎王爷的阎，谁要是敢跟我起刺！哼哼哼——"在场之人全都倒吸了口冷气。

饶是这样的冷面孔，堂兴圣还是不卑不亢地据理力争。

"老师，为什么陈锦念和我一样迟到，你却单单惩罚我呢？"

刚刚的喜悦立刻被抽空。但是，奇怪地，倒也谈不上有多愤怒。

及至和男生并肩站在走廊上接受惩罚时，锦念有些气堵地问："非得把我拖下水，这样你很开心么？"

"一个人站着太无聊。"男生扭过头来，"所以想找个人出来陪陪我。"

[九]

高一的心理课无非就是缓解一下学习压力，年轻的女老师似乎也未摆脱学生式的爱玩心理。除了偶尔要讲些不痛不痒地内容之外，大多数时间都花在了游戏上。

所以，下一节被冠之以演唱会名义的心理课就格外值得期待。

甚至早早地就准备了荧光棒之类的。

"心理老师还邀请我们的班主任过来呢，据说他们都要献歌一曲呢。"而沈哲嬉皮笑脸地转过身来，右手支着下巴，左手搭在椅背上跟陈锦念说话。

"你嗓子怎么哑成这样了？"

"我是故意弄成这样的！"哑得跟一只鸭子似的。

"啊！"陈锦念不解地问，"为什么？"

"这样才有效果。"还是瓮声瓮气的难听。

目光落在桌子上的节目单，女生才反应过来。沈哲要唱阿信的《死了也要爱》。嗓子哑掉唱这个歌是蛮有感觉的，只是——

只是，要是这样的话，他的嗓子是不是要完蛋了？

皱着眉头问："这样也行啊？"

这样也行的结果就是沈哲去医院挂了三个点滴才回来正常上课。

[十]

沈哲是这个新班级里最具有幽默天分的男生。比起堂兴圣那张臭脸来，不知要热上几百倍。

可是，却偏偏和堂兴圣混在了一起。

在评价这一对朋友组合的时候，陈锦念用的是"一朵鲜花插在牛粪上"，而因为高中重新分班的缘故，初中的同桌、被分到另外一个班的秦斯惊讶地捂住了嘴，并很激动地说，"哦呀，也就是说沈哲是很漂亮的男生，拜托你一定要介绍给我。"陈锦念看了看秦斯说，"没事吧，你。"

与不苟言笑的堂兴圣比起来，沈哲的话多得有点吓人，甚至可以说就是一个话痨。

"你能不能不要和堂兴圣混在一起？"陈锦念有些小人地动摇着沈哲和堂兴圣牢固的友情。

"为什么呀？"沈哲像是小孩子抓住两手托住腮，半转着身体挂在女生的书桌上。

"我觉得你跟他混在一起……嗯……怎么说，有点降低你的人品水准……"

"你是说我是他的狗腿子咩？"

"我可没那么说。"无力地辩解，"我只是觉得他这个人不怎么样，提醒你小心被他利用。被他卖了还吧唧吧唧帮人家数钱呢。"

"你知道他很多秘密？"沈哲一脸好奇地凑过来，眼睛里冒着光。

"你很感兴趣？"

"当然。"

"他一男生，你那么感兴趣干什么？"

"我喜欢他啊！"

真是语不惊人死不休。在看到陈锦念的脸色难看得跟一坨大便之后，沈哲不好意思地挠了挠脑袋补充说："但是我更喜欢你啊！"

"我看你还是算了吧！"女生白着脸干脆地拒绝着。

"我……"

"你们俩不是在搞那个吧？"

[十一]

　　陈锦念本身是学校摄影社团的新会员，经常会提着相机去拍风景。呐，这么说起来，陈锦念真的是很少拍人的。然后把拍好的作品上传到学校的BBS上，会有很多人喜欢这些照片并且把它转到各自的博客上，所以那个在BBS上署名为"小飞人"的陈锦念在网络世界里还是个相当受欢迎的人呢。

　　拖着照相器材在校园里走的陈锦念有些头疼。

　　同学们都玩得好好的，自己却被高二的学长叫来拍摄一组校园风景的图片。

　　"陈锦念。"

　　有人在什么地方叫她的名字。陈锦念回过头去，却没有看到人。过了半天，沈哲从一旁的树丛后面冒出来，头发上还沾着一片树叶，手里抱着一个篮球。

　　抬起手抓抓头发咧着嘴笑了："你照相啊?"

　　"嗯。"

　　"那你照我呗。"

　　"我为什么要照你?"

　　"我是美少年啊。"

　　正午的白光有点耀眼。男生的脸上细细地铺上了一层汗水，泛着蒙蒙的光。看过来的表情充满了期待。

　　"可是学长叫我拍校园里的景色。"

　　"我不就是校园里的景色嘛。"男生的眉毛皱在一起，一只手拎住衣服的领口来回扇动，"你就说拍不拍嘛。"

　　"你要给我P几张好看的照片哦。"沈哲末了还不忘嘱咐陈锦念。

　　其实最开始也没有任何的恶意。

在电脑上看白天给沈哲拍下来的那些古怪照片，陈锦念觉得像沈哲这样的男生真应该去做演员，一张脸上居然会有那么多丰富的表情。

把光标移动到那个存储同学照片的文件夹。然后把沈哲的照片存进去。就是那时，陈锦念无意中看到两张堂兴圣的照片。

想起来，大约是刚开学的时候，一次社团活动时，陈锦念硬着头皮给对方拍下的。

黑暗中亮起了一两朵火花。

噼里啪啦地响起来。

呐，不如给沈哲P一张他和堂兴圣两个人的情侣照吧。

那张P出来的沈哲和堂兴圣的照片，两个人依偎在一起，沈哲幸福地微微闭上了眼，整个人陶醉在堂兴圣的怀抱。

目光深邃的堂兴圣，仓皇迷茫地往远方望着，狭窄的阴影在他的脸上留下了一抹黑色。背景被陈锦念别有用心地换成了教室的黑板。

陈锦念把这张照片放在了自己的博客上，配上《宝贝计划》里的搞笑台词：

"你来自哪里?"

"断背山!"

后来秦斯看见了，就不管不顾地打过电话来，那时陈锦念已经香喷喷地睡过一觉了，把手机接起来后，就听电话那头的秦斯大呼小叫个没完："你赶紧把那张图撤下去吧，你要知道，要是让堂兴圣知道的话，非找你麻烦呢。"

"一点玩笑都开不起的男生哦，我鄙视他一辈子。"陈锦念用鼻子说话。

"其实吧，我是想说……"秦斯措辞了半天才说，"就算是堂兴圣不找你麻烦，也有很多喜欢他的人会生你的气，更何况，你这样也伤害了沈哲啊，他挺无辜的啊。"

说到沈哲这一步，陈锦念才忽然明白了好友秦斯的意图。

怎么说也是好朋友，再说玩笑也已经开够，陈锦念立即应了下来："我这就删了去。"

陈锦念把博客上的照片删掉之后，无意之中登陆了学校的BBS，点开之后立即张大了嘴巴，合了半天都没合上。

整个论坛最热的帖子。

她昨天P好的照片，她刚刚亲手删掉的照片，却早有人先于她之前把照片转移到这里，并且配上恶毒挖苦和羞辱的词汇。

一经上传，立刻成为整个BBS最受关注的热帖。

无论是嘲讽、谩骂还是好奇，都在几天之内从网络转移到现实，甚至引起了老阎的注意。

学校是滋生谣言的肥沃土地。

谣言的种子一旦被种下去，一经破土，就会像被施了催化剂一般飞速膨胀、长大，开出妖娆而巨大的花盘，张牙舞爪地出现在每一个人的面前。

或许，这样妖艳的花朵是有些人喜欢的吧。

可是陈锦念不喜欢。

但眼下的事实却是，她成了谣言的制造者，并且一手将这样一朵面目狰狞的花盘放大到让人瞠目结舌的地步。

直至失去了掌控的能力。

[十二]

那天中午吃完饭两人去网吧玩FIFA2007，沈哲被堂兴圣华丽的脚法震撼住了。只是对方的华彩纷呈是建立在沈哲的狼狈败北的基础之上的。

第一场结束的时候，堂兴圣以5：0赢了沈哲。

"0：5行了，你见好就收吧……咱不玩这个了行不?"

"别啊，我还要锻炼锻炼呢。"

"锻炼自尊心?"

结果第二场沈哲以0：15输了……

哭丧着脸的沈哲在回去的路上跟在后面小声地嘟囔着。

"我需要安慰。"

"哦，那好吧，我的肩膀可以借你依靠，给你优惠价，每靠一下给十块钱就行。"难得堂兴圣能说出一句幽默话来。

这样的机会，沈哲怎么能放过呢。

紧赶几步跟上来，勾住了堂兴圣的肩膀，然后把头偏向一侧。

轮到走在他们身后的女生发出掩饰不住的叫声。

"哇——他们……"

男生终于受不了这样的待遇，侧过头，一脸迷惑地问沈哲："他们在背后叫什么?"

"我怎么知道?"沈哲皱着眉头，"好像不是什么好话。"

流言以窃窃私语的状态在飞速蔓延传播。

一直到下午第一节课的课间，堂兴圣和沈哲一起去上厕所。站在小便池前撒尿的时候，听见隔板后面的一个人说："喂，你看到咱们学校BBS上的堂兴圣和沈哲的照片没有?"

"还用看照片? 有女生说中午还看见他们俩人一起手拉手呢。"

"我靠，还真是不要脸。"

"咱班出了这么两个大恶心，丢死人了。"

"两个贱人!"

然后那两个蹲在隔板后面的人不约而同地笑了起来。

堂兴圣看了一眼白着一张脸的沈哲，转过身，面无表情地朝隔板大力地踹上一脚。

"嘭——"

可以想象蹲在里面的人会被这突如其来的巨响吓得面无血色的悲惨模

逆
+ Back to the light +
光
水格作品

样。但也只是静了一瞬,就爆发出更尖锐的叫骂声:"妈逼的,谁啊!"

[十三]

　　谈不上满城风雨。

　　但足够堂兴圣和沈哲走到任何地方都能感受到来自背后的异样目光。

　　特别是当他们俩走在一起的时候。

　　窃窃私语和指指点点甚至已成为他们共同出现时所必须上演的风景,从而在某些人的头脑中形成思维定势。以至于类似"据说他们俩是一对诶","把持着高一 (6) 班前两名诶", "……长那么好看真是浪费啦,本来男生就不多,歪瓜裂枣再分去一半,剩下的又是读书呆子,老天爷诶,你怎么能叫他们俩搞同性恋呢,真是过分"的议论则是家常便饭,甚至有暗恋堂兴圣(也可能是沈哲)的女生捶胸顿足哭鼻子呢。

　　当然更多这样的议论: "他们俩真恶心!""他们可真是不要脸,两个大男生居然在教室里搂搂抱抱的! 我快吐了。"

　　快吐了。

　　快吐了。

　　快吐了。

[十四]

　　下午最后一节课。

　　黄昏的光线透过每一间教室的窗户,照耀着伏在课桌上那一张张年轻的脸庞。

　　细细的尘埃如同宇宙里的星球般渺小,温暖而悲伤的浮动在橘黄色的光柱里。

黑板上写满了白花花的粉笔字。

繁琐的抛物线画得陈锦念眼花缭乱。

整个教室里浮动着一种漫不经心的气息。后排的男生不时地从口袋里摸出手机发短信，挂在黑板上方的石英钟也显示着，还有十五分钟就可以放学回家了。

安静的走廊上传来重重的脚步声。

之前说些悄悄话的学生都知趣地闭上了嘴。

等老阎板着一张神经坏死的脸出现在教室门口的时候，整个教室已经安静得如同一潭死水。

"沈哲，你出来下。"老阎伸手一指。

嘴里叼着一枝笔，右手撑着下巴正往操场上看的沈哲回过神来，立即站起身，跟着老阎出了教室。

大约过了五分钟，沈哲垮着一张脸推开门。

目光转向正在本子上刷刷刷写着字的堂兴圣。

"叫你呢。"

堂兴圣抬起脸来："叫我?"见沈哲点头之后又问，"什么事?"

沈哲的脸面像是挂不住了，原来湿湿的眼角流出了两滴泪。

"你怎么了?"

见沈哲不说话，堂兴圣有点生气，大步走过去，走到教室门口被沈哲挡住了路。然后他小声朝堂兴圣说了一句话。

之前一直嗡嗡嗡嗡像是进了养殖蜜蜂的蜂厂的议论声，全部像是退潮的海水，哗哗哗地退去了，被海水浸泡得柔软的沙滩裸露出来，那些被海水裹胁着埋在沙子里的贝壳，会不经意地刺伤赤脚走在上面的人。

偶然漏出来一句话让沈哲满面通红。

"老阎知道……他们的关系了吧。"

其实也是无意之中应答同桌的询问。陈锦念压低了声音，却还是被那一瞬间的安静给凸显放大，成了那种刻意遮掩却又要别人听到的声音。像是水平面下降后，露出的藏在水底的暗礁。尽管这不是陈锦念的本意。

——老阎知道……他们的关系了吧。

——那些照片，黎朵朵说是你放上去的，是不是啊？

想要退避不可能，想要辩解却不知从哪说起。

陈锦念什么也没说，转过头却对上了凶着一张脸凑过来的堂兴圣。

沈哲跟在后面拉住堂兴圣提醒他老阎还在教室外边。可是在陈锦念和堂兴圣中间还是形成了剑拔弩张的气势。

像是一个庞大而黑暗的漩涡。

将两个人强行裹胁到一起，吸纳到漆漆无光的深渊境地。

"都是你捣的鬼？"堂兴圣不屑地笑了笑，"你不会不敢承认吧。"

"承认什么？"陈锦念倔强地高高抬起了下巴。

"老阎在BBS上看到的那张图，是你传上去的吧。"

"不是我！"

男生的嘴角扯出一个古怪的微笑："你以为你换了个马甲发帖，我就猜不出那个人是你么？"

这个时候像是再不站出来承认，自己就被堂兴圣活活说成一小人形象了。于是陈锦念梗了梗脖子，脸上露出难看的表情来："我就说你跟沈哲搞断背怎么了？"

"你承认就好。"堂兴圣不声不响地说着。

"我就说了你能把我怎么样？"陈锦念站起身来，抱着胳膊，目光直视堂兴圣，"做都做了，还怕别人说吗？"

堂兴圣上下打量了一番陈锦念，绷紧的脸突然笑了："你还是坐下吧。"走了两步又回头补了一句，"别以为你是女生，我就不敢把你怎么样。我跟你说，最近你给我小心点。"

转过脸来，发现老阎正红着一张脸朝自己望过来。

堂兴圣这才明白，为什么刚才朝陈锦念吼的时候，沈哲一直在身后用力地扯他的衣角。

不用想也可以清楚，老阎一脸的红色绝对跟兴奋没关系，而是全身的血液全部倒涌到头部，甚至被气得一时说不出话来。

堂兴圣白着一张脸站在那，一动不动。

而站在他旁边的沈哲却垂下头，脸火辣辣地烧起来。

不远的地方，坐在角落里的黎朵朵正不声不响地看过来，脸上挂着不动声色的微笑。

放学的音乐声适时的响起，老阎朝两个男生挥了挥手，面无表情地说："放学后你们俩留下来。"然后一拍脑门，像是想起什么来似的，转过身说，"对了，还有陈锦念。你也到我办公室一趟。"

[十五]

从学校里出来时，黄昏已经恍惚着降临了，成千上万道柔和的光线聚成的天光倾覆下来，给眼眶里所容纳下的景物全都勾上了一层毛茸茸的金边。

这样的季节，空气慢慢凉下来。

凉得陈锦念的心有点难受。

空无一人的操场，像是放空了水的游泳池，显得格外的荒凉。

陈锦念掏出手机拨着号码。

等到看见等在不远处篮球架下的秦斯就把手机放在口袋里，陈锦念觉得有什么东西缓缓地涌上眼眶，温热地暖了双眼。然后她举起了手，朝对方喊了起来。

"你还在呀！"

秦斯迎过来，看着也从教学楼里走出来的两个男生："我怕他们欺负你，所以留下来等你。"

"呐，我们走吧。"陈锦念笑着说。

"走？"从后面走过来的男生粗鲁地扯住陈锦念的胳膊，"你以为一个人写一封检讨书，事情就算结束了吗？"

逆
+ Back to the light +
光
水格作品

秦斯一把拉过陈锦念："BBS上那些照片，不是锦念传上去的！"

"这里没你的什么事吧？"

"她的事就是我的事！"秦斯隔在陈锦念和堂兴圣的中间，声音已经带上哭腔，"要怎么说你们才相信……"

沈哲插进的一句"不关我的事"还没讲完，就见秦斯已经非常难堪地坐在地上了。其实堂兴圣只是稍微用力推了一下。

像是被谁拧开的水龙头，秦斯觉得脸面全无，眼泪源源不断地流了出来。

"你不要跟我说，论坛上那张被PS的照片跟你无关！"咄咄逼人的质问。

如果说之前陈锦念还对事态发展到这一步暗自惊恐，心里其实一直想对红着一张脸的沈哲和白着一张脸的堂兴圣说"对不起"的话，那么此刻，看到好友秦斯被人粗鲁地推搡着甚至跌倒在地上而哭了鼻子，心情却陡然从抱歉变成了愤怒。

那些照片不是我发上去的！

在你们心里，我就是会做出这种事情的人吗？

可是，就算是，又如何呢？

如果你们身正不怕影子斜，别人又哪会有这么多的议论呢？

而且，事情到现在反正已经说不清，既然你心里已经认定是我，又何必来苦苦逼我承认？

就把一切都结束好了！

"照片就是我发上去的！"陈锦念横下一条心，挡在秦斯身前大喊道，"有什么你们冲着我来啊，欺负秦斯算什么？"

时间有片刻的停止，陈锦念觉得那一定是自己的错觉，因为男生脸上陡然掠过悲伤的神情，虽然很快就转化成嘴角酷酷的冷笑。

"好啊，你终于承认了。"

那一刹不是没有后悔和退缩，却还是用了最后的固执强硬地对抗："就算我承认了，你又能怎么样呢？"

突然被抽空的空气，堂兴圣攥紧拳头，骨节格格作响。

——你又能怎么样呢?

——能怎么样呢?

[十六]

黑暗慢慢吞没了所有的光线。

纷乱嘈杂的世界,像是在这个夜晚抵达之前,全部安静下来。

安静得连一片弦音也听不到。

街道两旁橘黄色的路灯,一盏一盏亮起来,照亮了粘稠得化不开的漫漫
孤单。

被吞没的世界,重新在黑暗里勾勒出柔和的轮廓来。

第 二 回　　>>>>>>

[一]

————"喂，你在听我说话吗？"陈锦念拉下一张脸。

————"呃?"正在发短信的萧尘明抬起脸来，"什么？"

偏浅黄色的头发。好看的眉眼。突起的喉结。笑起来会微微牵动嘴角上翘。以及远远看起来，高大得有些叫人吃惊的身材，最终具象为一个二十一岁男生的模样。整张脸棱角分明，不同于班级里那些正处于青春期的小男生们的柔和轮廓而显出锋利的意味，甚至下巴上有每日刮过胡茬而留下的青色痕迹。以上种种，使得萧尘明浑身散发着与众不同的成熟气质。

与众不同的"众"指的当然是陈锦念日常所接触到的那些同年纪的小孩，比如说沈哲，再比如说堂兴圣。

比起萧尘明来，他们都不过还是小孩子吧。

甚至在堂兴圣的下巴上，看不到青色的胡茬，这一点都让陈锦念在一瞬间突然高兴起来。

尽管就在刚才，她还怕得要死。

怕堂兴圣那小子会跟自己动真格的。

"你又能怎么样呢？"陈锦念甚至想象得到自己那副欠揍的表情。就在堂兴圣举起拳头想要挥过来时，后面的沈哲一把拉住了他。

"你疯了啊！"大声地喊着，"你不说你喜欢她的么？"

完全是意料之外的逆转。

四个人面面相觑了半天。

全世界的喧嚣在缓缓退去，又在一转眼间以更猛烈的气势席卷而来，一瞬间吞噬了有些头晕目眩的陈锦念。

最先反应过来的是秦斯。

"你喜欢陈锦念？"秦斯盯着对面男生那一张飞速变红的脸，忍不住地笑起来，"做梦吧，你！"

"你闭嘴！"

"我闭嘴？"秦斯像是被拧紧了发条的机器娃娃，噼里啪啦说个没完，想停都停不下来，"你这种在外面拿刀子捅人在学校又装成模范生的两面派，你以为你的真实面目没有人知道啊，我们家锦念是永远不可能喜欢上……"

对面堂兴圣的脸渐渐青成了一吹即破的纸。

牙齿被咬得格格做响。

然后就是天摇地晃的一耳光。

速度太快，以至于甩过来的时候，完全没有防备的秦斯又一次跌倒在地上。

被抽得有些目瞪口呆的秦斯这一次终于放声大哭。

陈锦念冲上去大声嚷着："连女生你也打？"

堂兴圣恨恨地说："你敢四处胡说，我照样打你。"

举在半空的手就要落下。

陈锦念掏出手机朝那边的人大声喊着："哥，救我！"

——"你要敢动我一下，我哥饶不了你！"

——"有个哥哥就很了不起吗？"

——"有种的话，你动我一下试试！"

堂兴圣理也不理地抬腿就走。跟在后面的沈哲走两步就回头看看，然后弯着腰跟陈锦念比画着"对不起"的手势。

两个男生走后，黑暗彻底降临了。

[二]

"我跟你说我们班那个男生真的很烦人啊！"陈锦念激动地在空中挥舞着筷子，从厨房端着热气腾腾的饭菜走出来的母亲有些看不惯，就朝女生喊过去，"你不好好吃饭，嚷嚷什么啊？"

女生撅起嘴："你就是偏向萧尘明。"

"我谁也不向。"母亲坐下来，伸出筷子给每个人的碗里夹了一块肉，"我是一碗水端平。你们俩个啊，手心手背都是肉。"

"嘀"的一声，放在桌边的手机又收到一条短信。

萧尘明拿起手机，嘴角微微牵起，泄露出内心的欢喜。

这一切都被对面的两个人看在心里。

母亲放下碗筷，等萧尘明发完短信，就笑眯眯地问过去："小明啊，跟妈妈说，是不是在学校里有女朋友了？"

"什么呀，妈。"萧尘明的脸飞快的红起来，"你别瞎说。"

"都读大学二年级了，谈朋友也是自然不过的事哦。"母亲又夹上一箸菜到萧尘明的碗里，"什么时间带女朋友回家里来玩哦。"

陈锦念忽然烦躁，把面前的碗一推："我吃完了，你们继续。"随即站起身往卧室走去。

母亲不满女儿浪费粮食，抱怨着说："每次都剩菜剩饭的，这怎么可以？"然后忽然想起什么似的，直起身体问萧尘明，"今天不是周末啊？"

"周三。"萧尘明一边往嘴里扒拉着饭一边说，"是锦念叫我回来的。"

逆
+ Back to the light +
光

水格作品

陈锦念有些气堵地倒在床上，把枕头拿过来压在头上，却还是隐约听得到母亲和萧尘明的对话。

　　"她怎么老是把你叫来叫去的。"母亲低声埋怨，"你还是要以学业为主啊。"

　　"大学课程没中学那么紧的。"萧尘明顿了一下说，"……而且的确是因为有事她才找我求助的。"

　　"她一小丫头能有什么事啊?"母亲的声音里满是不屑，随即站起身去打开冰箱，转过脸问，"我新榨的果汁，你要尝一尝啊!"

　　"妈——"萧尘明把尾音拖得长长，"学校里有男生欺负锦念。"

　　母亲没有接萧尘明的话，而是朝这边走来。

　　随即，陈锦念听到了剧烈的拍门声，"啪、啪、啪——"

　　就像是耳光一下一下甩在自己的脸上，痛感瞬间传遍全身。门外母亲的声音变得尖锐起来，"你给我开门! 开开门!"

　　有什么东西像是潮水一样涨起来，漫过脚背，涌过胸口，一直到彻底覆盖了头顶，看不见光亮，也发不出声音。

[三]

　　从什么时候习惯了这样的生活?

　　陈锦念躺在黑暗里，眼睛睁得又圆又大。

　　有什么东西像是粘在太阳穴上，牵扯着神经使劲地跳着。

　　陈锦念抬手按住额头，在一片漆黑中闭上了眼。

　　萧尘明就像是横亘在陈锦念生活里的一道巨大的分水岭。

　　像是一条静默而绵长的山脉。

这么多年，以温柔而安静的姿态，稳固地伏在陈锦念的生活里。

在他出现之前，母亲带陈锦念一个人生活，常常被小朋友们指责自己是没有爸爸的野孩子，然后哭花了一张脸的陈锦念抱住母亲的腿要爸爸。

母亲把陈锦念抱在怀里："妈妈给锦念买冰激凌吃，好不好呀？"

陈锦念就搂着母亲的脖子亲了又亲："妈妈真好。"

那么温柔的呵护在萧尘明出现后被分去了一多半。

嗯，一多半。

那个时候的陈锦念是妈妈的全部吧。妈妈对自己的爱，像是满满当当的一池子水，光是溢出来的，就足够陈锦念幸福很长很长时间了吧。

这样的生活在萧尘明出现后却戛然而止了。

曾一度觉得这个高出自己一头的男生野蛮地夺去了自己的幸福，一直到他慢慢成为自己生命里不可或缺的一部分。

就像是嵌到自己的身体里。

这样的男生：

每天骑着单车载自己去上学；

在别人再骂自己是野孩子的时候朝那些小毛孩挥舞着拳头；

妈妈不在身边的时候照样让自己吃饱穿暖；

在伤心的时候伸过一只手来揉自己的头顶；

每次考试卷子下来后帮自己一道一道去讲解那些被打上红叉的题目；

在遇到危险的时候可以大声向他喊"哥，救我！"

这样的男生就是萧尘明，曾一度让好友秦斯羡慕得两眼发光。是不是每一个女生都希望自己的生命里有这样的一个男生。

温柔的、体贴的、和善的、好看的。

就算是他是自己的"哥哥"。

哥哥。

[四]

叫做萧尘明的男生，和陈锦念的第一次碰面是在六年前。

六年前的萧尘明还是个初中生，而且随时都面临着辍学的危险。

原本的日子就不好过，终年酗酒的父亲丢了工作不说，还欠了一屁股债，因为萧尘明的出生而导致他的母亲在生他的时候撒手西去，父亲始终对这个儿子心怀芥蒂。打骂儿子成为他酗酒之外的另一大爱好。

生活的潦倒、贫穷使得少年形成了内向自卑的性格。

在学校里一般很少和人说话。

饶是这样，少年还是以优异的学习成绩一路领跑。只是偶尔会被学校里的小混子围堵在墙角一顿拳打脚踢。最初并非懦弱得一无是处不敢抵抗，毕竟领略了那么多父亲的拳脚，再也不忍别人对自己的欺负，所以凶起来跟疯掉的一头小兽一样，可是毕竟挡不过人多势众。每一次反抗招惹来的，都是更凶猛的进攻。

那些袭击自己的人散去以后，迟迟不能起来，就那么仰面朝天地躺在地上，额头上、手腕上、肩膀上、脊背上……到处都是被踢打过的阵痛。

从地上把摔得到处都是的书本、作业本、文具盒、笔整理好放进书包。

单手拎起书包摇晃着在街道上慢慢地走着。

有时会索性找一个角落里坐下来，一手轻轻抚过自己惨烈的伤口一边低低地叫着"妈妈"，热泪就不知不觉地掉下来，十五岁的萧尘明永远也搞不清楚为什么这个世界上有那么多人在和他作对。

满满当当的盛满了一胸口的悲伤。

像是憋在游泳池里的腐烂的水，放水管被紧紧关闭，无法排泄的臭气熏天。

这样的生活是可以逃避的么？

是可以被改变的么？

而这些都算不得什么。

至少日子还能过得下去。打出生那天起，萧尘明的这条命就是拼来的。那些后来被还未离世的长辈们提起的旧事曾经一度让处于敏感脆弱的少年时期的萧尘明热泪盈眶。因为是难产，自己的出生不仅掠去了母亲的生命，而自己也付出了惨重的代价，据说一出生就被扎了很多针，当时那情形，好几个医生甚至说放弃算了，就算把这孩子的命救回来，他长大以后也一定浑身是病没有好日子过。

只有一个年轻的女医生不愿意服输。

她说这孩子不容易，是真的不容易，他妈妈拼了命把他生下来就是为了他能活下去的，连同他妈妈的那一份一起活下去，所以你看受了那么多苦，他还顶着都没死，我们没有任何理由放弃他。

刚出生的萧尘明第一场病是肺炎。接下来又是一场黄疸。黄疸退去，是持续不断的湿疹。因为刚刚出生的缘故，手脚上的血管细得让医生无法下手，只能在把针扎在孩子的头顶。医生用的是最细的针了，可是一针下去还是找不准血管，左捅一下，右捅一下，每捅一下，孩子的嘴就张一张，站在旁边的女医生知道那就表示这孩子哭了，等针终于扎好的时候，一滴泪从孩子的眼角流了出来。

像是有一千支针在女医生的心尖上挑来挑去的。

把手放在孩子的头顶上，来回地轻轻地抚摩着。

这样孩子会觉得暖和一点，不至于感到太孤独，嘴巴一张一张的萧尘明在女医生的这个动作下逐渐安静下来。他的两只手努力地举起来，像是要抓住什么。

尝试着把自己的手递过去。

你不能说孩子是没有灵性的，即使是闭着眼睛，他还是意识到有某种东西在靠近自己，一双手紧紧地攥住了女医生的大拇指。那一瞬间紧紧抓牢自己的力道大得有点超乎女医生的想象，而就在这个动作之后，孩子逐渐安静了，甚至发出了匀称的鼾声。

终于可以幸福地睡上一觉了。

女医生舒了一口气。

她不敢动，就维持着那么一个动作站在萧尘明的床边，一直站了六个小时。

而这个女医生，就是陈锦念的妈妈。

一直到萧尘明十五岁的时候，因为父亲的缘故，才再次见到自己的救命恩人。

那天父亲把自己叫过来，很认真地问自己："要是以后我死了，没有人供养你读书长大，你怎么办呢？"

"爸爸你说什么呢？"

"你看我像是跟你说笑话么。"

"爸爸今天刚刚从医院回来。"父亲说话的时候脸上像是罩住了一层光，显现出前所未有的柔和光芒，"……这是医生的诊断书，你自己看看吧。"

从桌子对面推过来的蓝色皮子的诊断书。

有一瞬间的惊恐涌过来，或者像是突然有什么异物卡住了喉咙，喘不过气，心跳得如同节奏坏掉的鼓声，不敢去打开那本薄薄的册子。

里面写下的到底是什么。

就算是父亲厌恶自己，就算是他经常酗酒，醉酒之后会把生活的不如意发泄到自己的身上，就算是自己取得了最好的成绩还是不能换回他的开心，就算是这样，他还是不希望他有什么意外。

毕竟，他是自己的父亲。

要是他死了，这个世上，他就真的是空空荡荡的一个人了。

父亲帮自己打开封面，即使是龙飞凤舞的字迹，即使是灯光昏暗模糊，即使是由于读书过度导致视力下降，即使是……即使是一万个即使，那四个可恶的字眼还是第一时间跳进了眼帘。就像是一记重锤砸在胸口，再也喘不过一口气来。

肝癌晚期。

有些事是被烙刻在记忆里，风吹日晒都不能被磨灭的。

譬如说她九岁那年，随同母亲上街，在一群讨饭的人中间，一眼就看到了一个高高瘦瘦的少年跪在地上。因为是雨天，他被浇成一副落汤鸡的模样。头发梢上的水滴滴答答地往下掉，身上的衣服因为被淋湿而紧紧地贴在肌肤上，勾勒出少年清瘦的骨架来。

抬起手来示意母亲看过去："那个小哥哥好可怜啊！"

最初不过是出于孩子天性的善良和好奇而引发来的关注，及至硬性把母亲牵扯过去才看清楚少年的面前还铺着一张偌大的白纸，上面密密麻麻地写满了被雨水淋湿的黑字。

陈锦念不明白怎么回事，吵着嚷着要母亲给自己讲清楚。

母亲只是摸了摸陈锦念的头说了句："锦念不要吵，这个小哥哥的爸爸要死了，所以他想别人帮助他。"

陈锦念凑过去拉少年的手："哥哥你站起来吧，我的妈妈会收养你的。"

像是为了证明自己的话一样，锦念转过头来问母亲："你会收养小哥哥的是不是？"

母亲弯下身去，把伞移到少年的头顶，然后说："你叫萧尘明？"

少年抬起眼睛，氤氲着雾气的一双眼睛，轻轻地颔首："嗯。"

"那么，你是不是出生在市中心医院？"

少年有些讶异："嗯？"

"那么，要是你爸爸真的不在了，以后我来领养你，好么？"

"好。"

"赶紧起来回家吧，你身体本来就不好，这么淋着雨容易感冒。"

"你是？"

"……这是我名片，如果你有任何事，你就联系我。"

"……"

"记住了么?"母亲把手搭在少年的肩上，"无论发生了什么，你要好好地活下去。"

[六]

萧尘明回到自己的房间。

打开窗看着楼下街道上一盏连着一盏的路灯。

像是漂浮在海面上的指示灯。

放在桌上的手机"嘀"的响了一声。

萧尘明转身拿起手机，屏幕显示发件人的名字是小婧。

一条短信，只有气势汹汹的五个字。

"你死哪去了?"

萧尘明按了回复键，然后敲进这样一行字："锦念出了一点事，所以喊我回家。宝贝，今天开水自己打?"

片刻之后回复来的一条短信是："好的。"紧跟着又进来一条。打开后的内容却是："哥哥，我好难受呢。"

萧尘明把手机放在桌上往门口走去。

这时候又来了一条短信，无奈地笑了笑，转身去看。

"锦念锦念锦念，你眼里只有她没有我! 哼!"

男生把手搭在眉毛上，像是石化了一般，一直到门口响起敲门声。

打开门，站在门口的是满脸眼泪的陈锦念。

[七]

"不开心么?"萧尘明拉陈锦念进来，"妈要看见你哭成这样该担心了。"

"哥，我难受得要死掉了呢。"

"因为白天的事?"

"不全是。"陈锦念坐在床边，扭头看着窗外，"……堂兴圣那个人怪怪的呢。沈哲说他喜欢我。可是我们俩处处闹矛盾。"

"有男孩子追求你了？"萧尘明眉开眼笑的样子逗乐了陈锦念，"那你答没答应他哦？"

陈锦念忍不住想要冲萧尘明翻白眼："那个堂兴圣，是个顶不要脸的大烂人、两面派！他厚着脸皮跟别人说我喜欢他。"

"这样哦。"萧尘明思考了一会儿，"他那么说，可能因为喜欢你，又不好意思跟你说，所以才……也许他是个不错的人呢。"

"拜托，他今天下午想动手打我！"陈锦念的声音突然沉下来，"况且，有一件事，我一直不知道该不该说……"

"什么？"男生这种动物就是奇怪，看着萧尘明红起来的脸，陈锦念就知道他不知道又想到什么地方去了。但他还是镇定地说，"你说说看……"

"晚饭前的电视新闻你还记得不？"

"记得什么？"萧尘明拉过一把椅子坐下来，看着怀里抱着一个公仔捏来揉去的陈锦念微微地皱起眉头来。

"妈一直说的那条新闻。"

"被刺的职专学生仍旧躺在医院里的新闻。"萧尘明点了点头，"嗯，挺可怜的，还是个单亲家庭呢。没有爸爸，妈妈下岗了。又那么倒霉地被捅了一刀，更找不到凶手。还真是一个不幸的人。"

陈锦念的眼睛亮起来："我知道凶手是谁！"

"哈，开玩笑的吧。"

"真的！"陈锦念把手里的公仔扔到一边去，"他被捅那天我刚好路过那条街，120的电话是我挂的呢。"

"小孩子不要乱讲话哦。"

萧尘明的手机这时响了起来。而之前陈锦念的一声喊叫也惊动了母亲，门呼啦一下被推开，映入眼帘的是陈锦念搂住萧尘明脖子的暧昧姿势。

母亲的脸垮下来。

"你不睡觉跑来你哥哥房间做什么？"

"我……我想让他明天送我去上学。"

逆

+ Back to the light +

光

水格作品

"你多大了还要人家送你?"

"我怕半路上有不良少年欺负我。"

"行了行了，就你会狡辩。"母亲一把扯住陈锦念的胳膊，边拽边说，"我跟你说，你要跟不良少年混在一起可不行，你可得离他们远远的，那个叫谢什么什么的学生，现在还跟医院躺着呢，连个治病的钱都没有，多可怜!"

萧尘明房间的门被关上的最后时刻，陈锦念看见了哥哥站在窗边接起了电话。

那个好看的背影被隔在了一扇门后。

只能听见喃喃的低语。

[八]

时间倒流到刚刚开学的九月份。

男生们还穿着露着光滑小臂的短袖的秋天，两个男生枕着交叉着放在脑后的胳膊并列地躺在颜色已经发黄的草地上，看着一朵一朵的云从各自的头上悄悄走过。闭着眼的沈哲感受到太阳的光线打在眼皮上晕出温暖的红色。

"你说陈锦念怎么样啊?"堂兴圣像是在跟一朵云说话。

沈哲睁开眼睛："不错啊!"

"是么?"

"嗯。"

"那……"堂兴圣从草地上跳起来，"你喜欢她不?"

"反正不讨厌吧。"

"哦……那我们也许是情敌哦。"

沈哲跟着也坐起来："你刚才说什么?"

堂兴圣不说话，只是眯着眼睛往远处看。

"喂——"沈哲嚷嚷着，顺着对方的眼光，往不远处的女生宿舍区看去，"你看什么呢?"

"你看三楼那个女生……"堂兴圣幸灾乐祸地说，"好像只穿了吊带诶!"

一滴汗停在了沈哲的额头。

[九]

事情并没有像陈锦念想象的那样就此尘埃落定。

第二天去上学，老师又一次把堂兴圣叫了出去。半个小时之后，男生耷拉着脑袋走回了教室。陈锦念注意到别在他胸口上的学生会胸牌被摘了下去。

[十]

外语老师站在一片粉笔灰尘中，就像是水中的鱼在吐泡泡一样，不停地吐出一串一串的外语单词，这些泡泡贴着堂兴圣的头发往教室后面飞去，一直到撞上墙壁，噗噗噗地碎掉。

堂兴圣皱起眉头朝斜前方的陈锦念看过去。

就是这个女生。

正伏在书桌上，温暖而悲伤的阳光透过玻璃笼罩在少女的身上，散发着淡淡的光芒。第一次见到她的时候是在开学的电车上。

电车像是一个密不透风的沙丁鱼罐头。

挤满了早起的上班族和背着书包的中学生。

幸亏堂兴圣眼疾手快，上车不久之后就得到了靠着窗户的座位。

车子到了云集巷，一个头上别着流氓兔发卡的女生气喘吁吁地跳上了车。

堂兴圣看了一眼后就又把注意力集中在手机的小游戏上。

一直到一个声音清脆的声音响起来："你应该让下座吧?"

抬头就看见了臭着一张脸的女生，踮着脚抓住悬在头顶的吊环。刚想站起来让出位置的堂兴圣突然想到她又不是什么老弱病残，于是就理也不理地说："为什么啊?"

见男生这个态度，女生使劲拽了男生一把，生气地说："我是叫你给老奶奶让座位啊。"抬起头才看见拄着拐杖的老奶奶站在女生的身后，脸飞快地红起来，口中连连应着"哦……啊"之类的。女生继续说，"我是看见你别着青耳中学的胸牌才叫你让座位的，以前没在学校里看过你啊，你也是高一的吗?"

那是第一天开学。

后来在班级第一堂课的自我介绍中，堂兴圣知道了这个别着可爱的流氓兔发卡的女生叫做陈锦念，不仅如此，她唱歌的声音非常好听，坐在堂兴圣不远地方的沈哲居然一直在流口水。堂兴圣看着他那副花痴的样子，恨不得上去踹他两脚。

裤子里的手机振动起来。

堂兴圣趁老师不注意掏出手机。

来自沈哲的一条短信，只有三个字："对不起。"

"本来我也不想在学生会挂职，所以你根本不用自责，再说，那又不是你的错。"写完这条短信，堂兴圣抬起眼又迷惑地看向了陈锦念，她也刚刚回过头，两个人的目光就那么撞在了一起，堂兴圣低下头，"我不知道她为什么既要写情书给我，又为什么会处处跟我作对。"

几乎是在这一条短信发出去的同时，又一条短信进来了。

仍旧是沈哲发来的："署名陈锦念的情书是我写给你的。"

差点儿没大声喊出来。

沈哲，你不会搞错吧。

堂兴圣的目光更迷惑了，他看向了低着头在摆弄着手机的沈哲。

"为什么?"

"我知道你喜欢她，所以想添加点催化剂，让你们俩在一起。我没想到你们俩会闹得越来越僵!"

"你真多事！"敲完觉得不妥，又逐字删除后写了句，"这些事你都不用管。"

"弱弱地问一句，小堂，我们还能是好朋友吧？"

就在堂兴圣弯起嘴角想笑的时候，听到头顶响起一个声音："给我！"

抬起头，是外语老师一张扭曲的脸。

[十一]

被外语老师痛骂了足足一个大课间都不算什么，临走的时候，外语老师欲言又止了半天，终于还是忍不住问了句："你跟你们班那个沈哲……嗯，就是网上的那个传说是真的么？"

堂兴圣摆摆手解释说："老师您误会了。"

然后就看见那种意义含混的微笑在外语老师的脸上缓缓飘过。

堂兴圣走到教室门口，沈哲正站在陈锦念的书桌前逼问："你说说，今天早上骑单车送你来上学的那男的是谁啊？"

"关你什么事？"

"难道是你男朋友？"

"那是他哥！"旁边的女生补充道，"你一个男生，乱打听什么啊。"

陈锦念也不耐烦地朝沈哲挥挥手："我跟你说，我哥身手很厉害的，你老这样骚扰我，我可要叫他来收拾你了。"

沈哲双手托住下巴，做出一副害怕的样子。没等陈锦念表示呕吐，就听见从头顶悠悠地传来一个声音。

"有个哥哥很了不起么。"沈哲身后的堂兴圣，双手插在裤兜里经过，"不要拿到学校来乱炫耀。"

的确不是第一次在同学面前提到萧尘明，医大的大二学生，人长得帅气不说，还温柔、体贴。有这样一个哥哥，炫耀也在情理之中，却不知在什么地方触动了堂兴圣心里的弦，拨出了不和谐的声音。

陈锦念反唇相讥："我为什么不能炫耀啊，我哥就是比你好上一千倍！"

已经走过去的堂兴圣，突然停在了那。

一动不动。

——我为什么不能炫耀啊！

——我哥就是比你好上一千倍！

连陈锦念也在话出口的那一瞬迷惑地咬紧了嘴唇，这样的对比是什么意思呢，一个是温柔地呵护着自己的人，一个是世界上最大的讨厌鬼，把他们放在一起比较，算什么呢？

而堂兴圣留给陈锦念的那个背影，在那一刻显得又慌乱又孤单。

[十二]

萧尘明在第九天把陈锦念送到学校后抓了抓头发有些为难地说："好像堂兴圣并没有你说的那么坏。人家也根本没有偷袭你的意思嘛。"

陈锦念把手递给男生："拿来。"

"什么？"

"我的牛奶。"

"我学校最近功课比较紧，你今天放学自己回家。"萧尘明掏出牛奶，"别忘了早点喝。"

——我学校最近功课比较紧。

——你今天放学自己回家。

其实，包括"我学校最近功课比较紧"或者"有社团活动"之类的借口都真的只是借口吧，事实上，你是想去陪你的那个女朋友。萧尘明，你以为我不知道么？虽说这也在情理之中，陈锦念想得通，却为什么还是觉得那么难过呢。

眼睛刷地蒙上了湿漉漉的一层光，顺手接过牛奶，头也不回地走进了校门。

[十三]

十六岁的陈锦念在结束了中考之后的那个夏天里，随同萧尘明去了外省旅行。长达半个月的旅行充满了没心没肺的笑声和恍惚不安的幸福。

像是心脏被按上了一枚小小的图钉。

回来的长途火车上，陈锦念把一张脸埋在热气腾腾的康师傅泡面里不想说话。

男生凑过来小声地询问："锦念，身体不舒服么？"

"……不是。"

"是想妈妈了？"

"……不是。"

"那一张脸苦给谁看哦？"

男生的身体往后仰去，很骄傲的样子说："妈妈刚才电话里讲你的录取通知书已经到了，高兴吧？"

"这都是意料之中的事。"连吃面的心情也给弄坏了，"有什么值得大惊小怪的！"

轮到男生愕然的表情被凝固在那。

"你……"

"你好像没什么事可做了。"

"是呀。"

陈锦念指了指桌上的泡面，"那帮我把这个面给倒了吧，我有点困，实在不想动！"

萧尘明抱怨着慢吞吞地起身往两节车厢联结处走去。但陈锦念还是可以听得到他的嘀咕："上天啊，收了我吧。她又要睡觉了。早知道她要搂着我的胳膊才可以睡的话，还不如买两张硬座票呢。"

四五岁诶。

在十六岁的心里好像一个光年的距离。

恨死了萧尘明不安分地在他妈妈肚子里待着，偏偏出来那么早，要是晚出来四五年，岂不……这么想着，就把恨意转化为行动。行动的表现就是将空出来的一只手在黑暗中摸索着。

列车咣当咣当地往前方行驶着。

偶尔有强烈的光线沿着未拉紧的窗帘泄进来。

长长的一条横在萧尘明的脸上晃来晃去。

锦念顺着萧尘明的下巴摸过去，摸到了他闲在另外一边的那条胳膊，然后就狠狠地掐起来，掐得萧尘明一阵嗷嗷乱叫。

"喂，你虐待狂啊。"

"……"闷不作声地继续掐。

"喂，疼啊，真的很疼。拜托你轻点。"

"……"继续继续。

"喂，我要大声地叫出来了。"

"我喜欢你。"

黑暗中，陈锦念小声吐出的四个字完全没有回应。

男生靠在座位上闭着眼睛，发出轻缓的呼吸。一线橘黄色的光线横在男生的脸上，上下晃动。陈锦念攥住男生的手，把头偏向了男生的肩膀。

[十四]

那些沉甸甸地浮动在眼眶里的眼泪，终于在萧尘明的背影消失在学校门口时，彻底汹涌而落。

呐，萧尘明，你知道我现在很难过么。

很难过。

[十五]

　　上数学课的时候，门突然被推开。

　　陈锦念抬起头，看见红着一张脸站在门口的秦斯。

　　数学老师愤怒着转过脸朝秦斯吼：“你有什么事？”

　　如果说老师的愤怒仅仅基于对眼前这个女生的不懂礼貌，那么秦斯的愤怒则早已升级到要拿刀子捅了堂兴圣这个大烂人。

　　所以秦斯对愤怒的老师毫不理睬，径直朝堂兴圣走去，众目睽睽之下甩了一耳光给男生。

　　“啪”的一声。

　　所有的人都愣掉了。

　　好长时间之后陈锦念才清楚发生了什么事。

　　“你把贴吧上那些照片给我删下去！”秦斯大声嚷嚷着，虽然带上了哭腔，气势却不削减，“你以为所有人都跟你和沈哲似的，我和陈锦念不是断背，我们不是！”

　　数学老师涨红了一张脸吼：“现在是上课你胡闹什么？”

　　在班主任把陈锦念和秦斯从课堂上叫走之后，黎朵朵厚厚的嘴唇抿出了一个甜腻的微笑。然后转过头去看着座位上的堂兴圣。

　　“这女人是个疯子吧？”得意地笑，“堂兴圣你这样的帅哥为什么老是招惹疯女人呢？”

　　阳光下的堂兴圣慢慢转过头，看见黎朵朵充满期待的目光朝这边看过来。

　　“那些照片，是你放上去的吧？”

　　……

逆
+ Back to the light +
光
水格作品

"马上撤下来，不然，对你不客气。"

[十六]

"我想知道那些照片是谁P的？"陈锦念面无表情地说。

黄昏的光线异常柔和，像是被水洗过一样，穿过玻璃罩住教室的桌椅。逆光站定的堂兴圣微微张了张嘴。

"你觉得是谁，就是谁好了。"

陈锦念从教室里走出来，巨大的夕阳在街道的尽头缓缓沉下去。楼宇交错地割裂着云朵飘浮的天空。

当萧尘明骑着单车出现在锦念的面前，笑眯眯地说："锦念，我来接你回家。"

陈锦念的嘴巴差不多要咧到腮帮子后面去了。

"你早上不是说要我自己回家么？"

"早上你那副鬼样子，我能放心晚上叫你自己回去么。"

单车的车轮碾压着一地的落叶发出清脆的断裂声，这么一路往着秋天深处飞奔而去。白光从城市的头顶抽身，模糊的夜色里，只有萧尘明用他的背影给锦念挡住秋风，在一点一点被黑暗淹没的天光里，悄无声息。

"……喂……"

"哦？"

难过的情绪突然像是有了实体，堵在喉咙里，叫人喘不过气来。

"你喜欢我么？"

太过唐突，叫男生半天都没有说话。对锦念来说，这段空白下来的沉默像是有一个世纪那么漫长。风声贴着耳朵飞过去。

"锦念怎么忽然问这个问题？"

"喜不喜欢啦？"

"当然喜欢啊。要不然，我怎么会来接你呢？"

"可是……"

"哦？"

"我比你小四五岁诶。"

"那跟'喜欢'有什么关系么。"

晦暗不明的对话。

被风吹散在风里的"喜欢"。放在自己心里的，和放在男生心头的"喜欢"是同一个意义的指向么。就像是天空中的那轮月亮。被赋予了"相思"、"故乡"、"忧伤"、"幸福"、"团圆"乃至"没有空气和水，没有生命"等等的定义。

并非是统一不变的意义指向。

[十七]

第二天在走廊上被一个女生抓住胳膊。陈锦念认得是秦斯的同桌。虽然多少还是觉得有点唐突，但看着女生一张隐忍悲伤的脸也只能勉强礼貌性地回笑。

"你是来找秦斯的吧？"

"是啊。"

"她出事了。"

"啊？"

"她今天没来上学。"

"……"这也算是出事？

"据说她上周放学被人给欺负了。"

拿手机拨秦斯的电话，一直处于无人接听的状态。后来陈锦念把在走廊里和女生打闹的沈哲叫回来询问秦斯的事。

"别跟我说你不知道。"

"唔……可是……"

"是不是堂兴圣搞的鬼？"

"……"不说话就是默认了。

"再怎么说她也是一女生，不至于——"

"怎么不至于呀？"沈哲仰了仰脖子，"不过秦斯也够可怜的。"

"他们把秦斯怎么了？"

"……"

"不会是把她强暴了吧？"

一滴汗停在了沈哲的额角。

"……你想象力真丰富。"

"那你倒是说啊。"

头顶的风扇吱呀吱呀地往四个方向转着，恨不得转个四分五裂。嘈杂的声音像是海浪声，一波一波地涌过来又退下去。"高一又出了一对女断背啊。""……什么是断背啊？""这你都不懂你也太土了啊"，"我们班那个不要脸的今天没来上学，你说是不是被人揭发后没脸来学校了。"……各种议论漫天飞舞，像是一排排芒刺扎在陈锦念的背上。而它们全部在沈哲的声音里退到了天边。

像是全世界在一瞬间安静下来，只有男孩子淡淡的不带感情的陈述。

"也没有怎么样，就是堵在学校后门，强行在她书包里塞进去一只耗子。"沈哲看着陈锦念瞪大的眼睛补充道，"生物课上从实验室里偷出来的小白鼠。"

其实前一天晚上，陈锦念在学校贴吧上看见自己和秦斯被P在一起的照片顶在最热的位置上，后面跟了无数个不堪入目的跟贴，她揉了揉眼睛，关掉网页，发短信给秦斯。

"不要相信网上说的那些。"

半晌都没有回应。

已经是晚上十一点多了。她应该已经睡觉了吧。

窗外的浓重的黑色。

墨一样一团一团地把天空漆成没有任何光亮的世界。

消失了光线和温度。

[十八]

男生镇定地把笔从左手换到右手。

敛着眉毛演算题目的堂兴圣不得不把目光从课本转移到陈锦念刚刚放在他书桌上的那张报纸。巨大的标题横在眼前。

——警方悬赏五千元追查职专谢某被刺案。

"你这是什么意思?"男生白着一张脸。

"你不要跟我说你对此一无所知。"

堂兴圣抬起头,在女生意味深长的质问里把弧度强行挤在嘴角上:"这跟我一点关系也没有!"随即起身向教室外走去,"对不起,我要上厕所。"

"等等!"陈锦念拦住他说:"捅谢某的人不是你么?不要以为没有人知道呢,我看见了啊。"

"是么?"他没有做任何解释,甚至有点邪气地笑起来,"对啊,就是我捅的,可是,你又能怎么样呢?"

女生突然噎在那,完全不知道接下来说什么。

仿佛全世界都跟他无关的样子。

仿佛全世界都在他的身后瞬间坍塌,却仍然是一副安之若素的神情。

——对啊,就是我捅的,可是,你又能怎么样呢?

——谁相信你呢?

第 三 回　>>>>>>

[一]

从学校里出来，陈锦念一抬眼就看见了站在门口的萧尘明。

陈锦念垮着一张脸跑过去诉苦："堂兴圣就是凶手，就是一个杀人犯！"

"你又乱讲话。"

"我才没有乱说。"陈锦念是被堂兴圣气晕了头，"就算不是他捅的人，他也摆脱不了被嫌疑的干系啊，因为那天我真的看见他跟那群斗殴的人一起跑开了呢。更何况，他还特倔强地跟我说，就算是他捅，我又能把他怎么样呢。真是气死我啦！"

"真的啊？"

"当然是真的！"

"找老师去反应一下问题呢？"

"要是老师能解决他……"陈锦念有点愤怒，"老师总是偏袒成绩好的学生，谁让他脑袋又那么聪明，老师来不及巴结他呢。也许他家又有势力又有钱所以老阎这种厉害角色都肯为他说话！本来我也不想跟这干子事扯在一起，可谁让我看见了呢，谁让他欺负我的好朋友秦斯呢，一想到这个我就添堵。"

了解了事情来龙去脉的萧尘明不仅皱起了眉头。

"看起来还是件比较严肃的事呢。"

"你一定得帮我啊。"陈锦念扯住萧尘明的胳膊晃来晃去，"你要帮我把他绳之以法。"

"哦?"萧尘明的注意力像是被什么牵扯着望向了别处，陈锦念转过头看见了从电车上走下来的蓝眼影，正朝这边看过来。

"她谁啊?"

萧尘明一双笑眯眯的眼睛弯下来："这是我的同学顾小婧。"说完，又补充了一句，"这次跟我一来你们学校实习呢。"

蓝眼影这就走到了跟前。

朝陈锦念伸出手，款款大方地说："你是锦念吧? 常常听萧尘明说起你呢。他常常跟我说……"

"你知道得还不少啊!"陈锦念打断了对方的话，从内心里抵触面前这个人，所以也只是潦草地应付了句，"啊，你的眼影挺漂亮啊。"然后从口袋里掏出两枚硬币，"哥，今天怎么没骑车过来? 我们是要坐电车回家吧。"

完全被抛在一边的顾小婧这时憋着嗓子说起话来，怪腔怪调的，听得陈锦念有点难受。

"萧尘明，你是要回家么?"

"啊?"萧尘明抓抓头发，咧开嘴笑了，"哦，我差点忘了……"

就在陈锦念脸上慢慢流露出惊讶的表情的同时，顾小婧仰起下巴朝自己看过来："呐，锦念，你今天就自己回家好么?"

"为什么?"陈锦念问回去。

迎上的却是萧尘明笃定的目光："我今天有点事，你自己回家吧。"

"什么事?"不依不饶地追问。

"你问那么多干什么?"萧尘明露出一副"真麻烦"的表情，"你回家跟妈说，我今天晚上不回去睡了。"

空下来的街道，以及被风吹向空中的几个黑色塑料袋，像是鸟一样轻盈地飘过，突如其来的凌乱和悲伤。每句话都像是一个悲伤的隐喻，在明明白白地告诉你，那个陈锦念不愿去面对的事实。

——呐，你今天就自己回家好么？
——你问那么多干什么？
——我今天晚上就不回去睡了。

[二]

都是些细枝末节的碎片。
在清冷的阳光下泛着孤零零的光。

难过的时候，会掐萧尘明的胳膊，就算是掐到一片连着一片的淤青他也不会生气。然后，一片连着一片淤青的他就会坐在自己的身边告诉自己不要悲伤。说这些话的时候，他伸出双手按住陈锦念的眼角，努力地将它们提上去。

"看起来这就是很高兴的样子啦！"他的眉毛弯弯的，把被掐得淤青的胳膊伸出来给女生看，"你看哥哥现在很疼，都不哭，所以你也不许哭哦！"

回忆逆流回溯，往更远更远的过去——
天光逃窜的雨天，雨滴敲打在伞面上发出乒乒乓乓的声响。
瞳孔里所倒映出的清瘦少年，无力地跪在地上。头发梢上的水滴滴答答地快要流成一条水线来。
比少年要矮上不知多少个头的陈锦念，即便是站在跪在地上的少年面前也要矮去了一节："哥哥你站起来吧，我妈妈会收养你的。"
少年的眉毛弯下来，流出了两抹笑意。
那是些重大的悲痛吧，即便是对于大人来说，也沉重得叫人喘不过气来，亡了双亲，流落街头。就像是一件垃圾，被所有人抛弃。而他却还能对一个小孩子露出两抹笑意来。

陈锦念曾经问过萧尘明为什么遇到那么多挫折和悲伤的事却还能乐观向上。萧尘明说就是因为经历过太多的不幸的事，所以现在格外珍惜来之不易的平常生活。并且觉得能活下去，还能见到自己的小救命恩人就是幸福的事了。

感动翻江倒海地袭击了小女生。
突然觉得萧尘明很伟大很伟大。
就像是一个传奇，闪耀着光芒。

大约一年以前，为中考焦头烂额的陈锦念成绩下滑，不听老师训导，甚至和男生动粗打架，任何时候都像是一头怒气冲冲的小兽。虽然明明知道萧尘明不希望看到自己是一个爱哭鬼，也不希望看到自己是一个顽皮捣蛋、不听话、学习差的孩子。

"锦念，我已经申请了来年去青耳中学做实习老师呢。所以你要努力学，考上青耳中学诶。那样，我们可以在一起呀。"

"嗯。"重重地点头。

从距离中考的一百九十九天起开始，接下来翻天覆地的变化让所有的人惊讶不已，却只有陈锦念自己的心里最清楚。

不是没有询问过。
那些看起来像是孩子式的玩笑话，甚至当着母亲的面。
"萧尘明……那，你这么优秀，做我的男朋友啊！"
得到的是一样笑呵呵地回应："好啊！"
却终究是小孩子的把戏。

[三]

　　萧尘明主修妇产科的事实对秦斯来说是一个毁灭性的打击。瘪着一张嘴生气："他可是男的诶。"

　　陈锦念跟看怪物一样看着大惊小怪的秦斯："这个专业的男生都是很厉害的！"

　　"可是……"

　　"可是什么呢？"看着秦斯的脸一点一点红起来，陈锦念忍不住哈哈笑起来，"你这样老是脸红可怎么得了呢，他下周就来这做实习老师了。不要见到他后就是一张大红脸哦。简直臊死人啦。"

　　两个人堵在教室门口说着话。

　　"让开！"冷冰冰的声音。

　　秦斯看见是堂兴圣，尽管害怕却还是顶了回去："你吼什么吼啊？一点涵养都没有。还白马王子呢，得了吧，跟萧尘明简直没法比。"

　　男生歪过头："萧尘明？"

　　"对啊，就是陈锦念的哥哥，下周来我们这做实习老师呢。"

　　"有什么了不起么？"

　　站在旁边的陈锦念虽然有点生气，但还是很有涵养地小声地强调着："堂兴圣，我哥可是也知道你秘密的人。"

　　男生愣了下，做了一个"不跟你绕口舌"的手势，越过陈锦念走回自己的座位。耳朵里却还是两个女生围绕着那个叫萧尘明的男生而展开的唧唧喳喳的讨论。

　　其实，那个时候，堂兴圣真的是结结实实地难过了呢。他甚至迷惑地抓了抓头发，怎么就难过了呢，就算是之前遇到过那么多不好的事，也从来没有体味到这样的"不开心"和"很难过"呢。人还真是一种奇怪的动物哦。

　　这样想着，两条眉毛禁不住弯了下来。

逆

+ Back to the light +

光

水格作品

[四]

操场上一片稀薄的白光。

大多数人都聚集在操场中央，像是一群麻雀，唧唧喳喳地聊天。而空荡荡的篮球场上，只有一个男生在努力地做着投篮练习。

篮球持续打在篮板上，发出砰砰砰的响声。

一下一下敲在陈锦念的耳膜上。

沈哲举着一瓶矿泉水远远地朝陈锦念挥着手跑过来："他们叫你呢。"

"我懒得动。"

沈哲一脸"不会吧"的夸张表情："你不是最具活力的青春美少女么，咋蔫巴了？"

"你少管我啊。"

沈哲把手举到脑后，两条眉毛挑起来："女生还真是麻烦。"

终究是受不过沈哲的嬉皮笑脸，陈锦念硬着头皮朝着正在游戏的人群走去，而沈哲则掉头朝篮球场上的堂兴圣跑去。及至沈哲把堂兴圣从篮球场地也拉到操场中央的时候，男生的头发梢还滴着汗。

尽管是秋天了，天气凉得陈锦念甚至觉得穿一件外套都不足以抵御寒冷，男生们却还是一身白衬衫，还要把袖子也挽起来，露出古铜色的小臂来。

尽管陈锦念一百个一万个不乐意，但是既然和堂兴圣抽到了一组，也不能就地示弱。

沈哲挤眉弄眼地说："那么，比赛现在就开始了。"

——也无非是从电视里的一些娱乐节目学来的小把戏。写字的题板给小组中的一个人看，并且要通过表演的形式告诉给对方题板上究竟写的是什么。猜中者就是过关了。

"那么，现在轮到陈锦念和堂兴圣了。由陈锦念表演，堂兴圣猜题。就让我们大家拭目以待吧，看看这一对孤男寡女到底能给我们上演一场什么样的好戏！"

沈哲说完这句话之后立即吐了吐舌头。

之前的几个题目都顺利地答对了。

按时间来推算，差不多也就是最后一个了，堂兴圣却怎么也答不上来。锦念不想就这么pass掉，在她扭着屁股来回走了三圈之后，男生还是一头雾水的模样。

"堂兴圣，你是一头猪啊！"

陈锦念决定豁出去了，她最后一次扭过屁股朝男生走过去，一边走还一边把外套脱下去潇洒地扔在了地上，然后一双眼睛频频向男生"放电"。最后，在与男生只有一步的地方收住了脚，摆出了一个看起来很酷的造型。

"你还猜不中么？"

"我知道了。"

"快说快说！"

"三陪女。"

像是一堵墙轰然倒塌。

陈锦念觉得心里添堵，明明是模特儿，连沈哲那样的白痴都猜出来了，堂兴圣却说是三陪女，如果他不是笨蛋的话，那只有一个可能，他是故意的。

他故意跟自己作对。

那么——

[五]

手指搭住桌槽，目光镇定地落下去，眉目清秀却又透着年长五六岁的成熟气息。惹得讲台下女生们忍不住发出的唏嘘声。

或许仅仅是因为不巧。

心理课讲到了一个关键的阶段。以往常常被老师以"这一章同学们就自己看看吧"为借口刻意忽视掉。也有不安分的男生仗着厚脸皮高举起课本大声喊老师请教问题，若是遇到年老的老师则被呵斥到乖乖放下手去，而若是碰上了年轻的老师，大家则有幸看到老师手足无措涨红一张脸的可爱模样。

此刻萧尘明所面对的正是抱着这样心态的学生。

让众多抱有看热闹心态的学生失望的是这位叫做萧尘明的新老师面不改色心不跳地大谈青春期性教育。

——"啊~他怎么这么前卫啊！"

——"……可是这也是课本上要讲的东西诶。"

——"但还是感觉怪怪的。"

——"也不是了，他只是做了他应该做的事。"

——"哎呀，你们别吵了，注意听讲啦。"

当萧尘明把发言权下放到学生中间时，陈锦念就跃跃欲试着想把屁股和板凳分开。其实最初的动机无非是想要以牙还牙，要不是体育课上堂兴圣当众出自己的丑的话，她也不会如此睚眦必报。

而机会终于出现在一个气氛诡异而神秘的民意调查中——

"对异性有感觉的同学请举手！"

先是捂住嘴巴也阻挡不住的笑声，稀稀拉拉的，像是不小心掉下来的几滴雨，接下来是大家的四处张望。坐在前排的同学忍不住地扭头过去，及至看到不是自己一个人举手才放下心来，把手高举过头顶。

但，陈锦念所锁定的那个人——堂兴圣——却始终跟个雕塑一样一动不动坐在那。就跟小学生一样两只胳膊交叉放在身后的椅背上，似乎根本没有举起来的意思。

所以当沈哲把手高高地举过头顶的那一刻起，力量就像是被灌注进陈锦念的身体一样，她一拍桌子站了起来。

"有人说谎！"

临危不乱的萧尘明也搞不清楚到底发生了什么事："怎么了？"

"沈哲说谎!"

低低地惊呼:"啊!"

"堂兴圣没举手呢,沈哲却背叛堂兴圣举起手来。"陈锦念又把目光对准扭过头来一脸困惑的沈哲,"你们俩不是只对同性感兴趣嘛。"

全班同学都笑成了一团。

而堂兴圣依然一动不动。

只有在混乱而夸张的笑声中把两只手都高高举过头顶的沈哲:"报告老师,堂兴圣喜欢女生啊,他跟我说,他喜欢的人是……"

"陈锦念。"堂兴圣站起来补充道。

天光倾覆,晦暗不明的光线里,陈锦念看见男生的脸飞快掠过一道红晕。

然后男生抬起头,骄傲地看向了站在讲台上的萧尘明。

显然对出现这一境地的萧尘明准备不足,一时没有应对的策略,只是在男生朝自己看过来的目光里读到了敌意。

——呵呵呵,这小男生是把自己当成情敌了吧。

也果真像是陈锦念所说,不是个一般的孩子呢。

所以,自己之前的那个报警电话挂得应该没错吧。

教室的门就是在那样一个不可收拾的场面中被推开的。

门口站着老阎和三个警察局来的人。

"堂兴圣,出来一下。"

[六]

窗外是一团一团铅灰色的断云。

飞快地消逝在男生的视线,逆光下的一张脸,毛茸茸的看不清表情。

"反正这事跟我没关系。"堂兴圣看着站在对面的两位穿制服的男人,略微牵扯嘴角上扬，"我根本不认识你们说的那个人。"

"小毛孩你不要嘴硬！"其中一个瘦子语气提起来，"要不是有人给我们提供证据，我们能随便找到你么。大街上人多了去了，张三李四王二麻子，我们不找他们偏偏找到你，是我们缺心眼还是你不清白，你自己心里最清楚。"

另外一个胖子也补充道："如果这事跟你毫无关系，也不会有人来跟我们举报你。你说对不对？无论你跟这事有关无关，你都把你知道的说出来，你这么顽固的态度到最后只能是自取其辱。"

堂兴圣把视线从挂在警察腰上的闪着光的手拷抬起，转移到旁边老阎那一张难看到要裂开的老脸上，挺了挺脖梗，想说不关我的事，没想到一张嘴就带出了哭腔，有凉凉的东西顺着脸颊倏然滑落。

"老师……"不明白自己为什么会哭，"是不是陈锦念报的警？"

老阎一副事不关己的神情抱着胳膊跟雕塑似的立在那，全身上下只有上下嘴唇在飞快地翻动："不是啊，是人家小萧跟我……"

警察抬手示意老阎不要说下去。

可能是出于保护举报人的目的吧，但堂兴圣还是在第一时间锁定了告密者萧尘明。脸上的泪被擦干，重新抬起的一张脸上，在一瞬间，被刻下了一条又深又长的沟壑，里面涌动着愤怒和仇恨。

胖子警察回头跟老阎耳语了几句后，转过身来声色俱厉地跟堂兴圣说："你还是跟我们走一趟警察局吧。"

男生先前垮下去的脸上充满了期待的光芒，仰起下巴说："好啊！看看究竟是谁在自取其辱！"

上了警车，被一路鸣着警笛的车子带离学校之后，整个学校迅速蔓延成了口水纷纷的战场，几乎所有人都在议论这件事。

认同的反对的各成一派。

"居然是那样的大烂人。""还真是表里不一的坏蛋啊。""亏我以前还那么乱崇拜，原来就是一个社会渣滓。""估计连那么好的学习成绩也是作弊得来的吧。"……诸如此类的议论在堂兴圣被带走的一个下午里持续不断就跟是蜜蜂的叫声一样嗡嗡嗡地萦绕在陈锦念的耳旁。

一直以来希望看到的场景。

甚至连做梦都会梦到堂兴圣身败名裂的悲惨模样。

可是，为什么这一刻，内心里会有深深的凉意，凉得陈锦念恨不得所有那些议论的嘴巴立刻烂掉。

烂掉。全部烂掉。

陈锦念立即拨通了萧尘明的电话，还没等听到那头的声音，就扯着嗓子喊起来："你为什么要去举报堂兴圣，你知不知道现在学校里的人都怎么议论他，你这样一来，他还怎么跟学校待下去啊？你简直太过分了！"

"是锦念吧？"陌生而冰冷的女人声音，反应了一下，才知道是顾小婧，"他刚刚出去了，一会儿他回来我叫他挂给你吧。"

没等陈锦念说什么，电话啪的一声被挂掉。

陈锦念慢慢把手机从耳旁移开，目光转向到处都是人的黑压压的操场，抬起一只手，挡住了发红的眼眶。

在乱哄哄的走廊上，陈锦念看见了从那头跑过来的秦斯，她白着一张脸："是你报的警吧？"秦斯抬手擦了把从额上流下来的冷汗，"那，你不怕他出来后报复你么？"

更多的议论，像是煮开了锅的沸水，冒着翻腾的水泡覆盖了秦斯的疑问。

这样的一锅沸水，迎面泼过来，一定可以将一个人至于死地吧。

头脑里不停地出现这样的画面：男生咬紧下颌，冷冰冰的一张脸就这么直面沸腾的口水。

[七]

男生回到学校已经是第三天下午的第二节课。除了高二的两个班级在操

化不开的雪以及过不去的冬天。

场上上体育课之外，其他教室全都在上课。从狭长而安静的走廊上穿过，许多老师讲课的声音从教室里传出来，高亢的、安静的、抽搐的以及像是水里的鱼吐泡泡一样一串一串吐着单词的噗噗声。

堂兴圣停在了这扇门前。

并没有立刻推开门，停了一小会儿，才抬起了右手。

连续叩动了三下教室的门。

里面传来"那条鱼"噗的声音："进来吧——"

堂兴圣单身扯着书包把门推开，出现在了众目睽睽之下。教室里立刻一片骚动。讲台上的老师看了看表，迟到十五分钟，原本是想发一通脾气，推了推眼镜再看过去，站在门口的是背着书包的堂兴圣。

——嗯，那个被警察带走的在学校外面学坏的学生。

——这样的学生何必去管他呢。

放弃的神情慢慢浮现在了"那条鱼"的脸上，于是朝男生挥了挥手，有些不耐烦地说："回你的座位去吧。"

习惯性地低着头走到自己的位置旁。

再抬眼，看到的却是以前坐在班级最后靠门窗位置的男生，因为老是讲话被老阎给安排在那里作为处罚。

周围响起一小片的骚乱声。很快被讲台上的老师生气的大声叫喊所覆盖："堂兴圣赶紧回到你自己的座位上去，跟那站着干什么？"

"我的位置被人占了。"

"一条鱼"推了推眼镜，伸手一指："你的位置不是在那嘛！"占领了自己座位的男生也跟着仰起脸说："阎老师叫我跟你换的位置。"

堂兴圣的脸刷地红掉了。

那一刻，被遗弃的感觉卷天席地地朝自己扑了过来。从来没有体味过的屈辱感慢慢涌了上来，漫过胸膛，朝着头顶疯长，甚至慢慢红掉了眼眶。

而在不远的地方，陈锦念只看了一眼堂兴圣就难过地垂下了头，再也不忍抬眼去看。同桌捅了下她问怎么了，陈锦念敷衍着说没什么，却不自知地掉下了眼泪。

无论怎么说，堂兴圣走到这一步，也跟自己是脱不了干系的吧。

堂兴圣应了一声"哦"，慢慢走过去，坐下去的时候看见了书桌上蒙上了厚厚的一层灰。

也不过离开学校仅仅只有三天而已。

就覆盖了这么厚的灰尘。

以及，这么多的变化。

这张桌子以及这个位置，都像是一个标签，昭然若揭着这个人的无足轻重，连被注进身体的空气里都带着那种"瞧不起"的气味。

有什么东西在一点一点膨胀起来。

[八]

议论和猜测像是潮水。

不断地涨起来，漫过脚背，覆过小腿，在一转身的时间里淹没胸口、耳鼻，然后就是整个被吞噬掉。

消失了光线和温度。

一个人被囚禁在水底被无数纠缠的水草所包裹。

不能动弹，无法呼吸。

就是这样的状态，每一天，堂兴圣都要打起精神去面对。

甚至以前疯狂追求过堂兴圣的黎朵朵再看见男生时脸上都是一副嫌弃的表情。而在指责男生道德败坏之外，也有更多的人在议论着他竟然能全身而出，家族势力或者金钱实力一定是超乎寻常的雄厚。

"有钱很了不起嘛！做了坏事还有脸回到学校里来招摇！"

"没想到这个人城府这么深，家里势力那么大，连警察局都能摆平，以前却从没听他炫耀过，我跟你们说，最好不要跟这种人交朋友，这种人使起坏来都往死里整人！"

"……不过我家要是像他们家那么有势力就好了，我就可以胡作非为了。"

"拜托，你能有点出息不啊？像他那种人，就该叫警察拿枪给崩了算了。"

人群里就像是被谁投进去一颗小石子。

然后，一群人发出哗的一声响，跟着一群人议论纷纷起来，伴随着"就是就是"、"该死"、"不至于那么残忍吧"的争辩声。

堂兴圣双手插在裤袋里，面无表情地从人群旁穿过。

然后那一群人一下安静下来，像是中了什么法术，刚才还扯着嗓子喊的人也一瞬失声，半张着嘴看着那个远去的背影。

——像他那种人，就该叫警察拿枪给崩了算了。

——就是就是！

沈哲抱着篮球招呼一群人去操场上玩。

因为是跟隔壁班打比赛，怎么算怎么缺了一个人。沈哲拍拍脑壳："哦，还有小堂啊。"然后头也不回地跑回教室把一个人趴在桌上的堂兴圣给拖下楼来。

"呐呐，参加篮球比赛啊。"

堂兴圣抓抓头发："好哦。"

刚走到场地中央，已经准备好比赛的其他人却稀稀拉拉地散去了。在经过沈哲身边时，会有人伸手拍拍肩膀说："对不起啊，我身体突然不舒服。"更多的则头也不回地离开。

篮球场上只剩下的沈哲和堂兴圣两个人。

沈哲抱在怀里的篮球掉在了地上，一脸愤懑地说着"他们怎么可以这样"之类的话，说着说着，竟然掉下了眼泪。

堂兴圣却咧咧嘴巴说笑道："喂喂——你是不是真喜欢上我了。居然还为我掉眼泪！"

沈哲一把隔开对方探过来的手："都什么时候了，你还说笑？你跟他们去说，那个什么什么谢某不关你的事啊。"

"是跟我没关系啊。"堂兴圣的眉毛皱在了一起，"可是，我为什么要跟他们解释呢？"

更远的地方，站着一脸困惑的陈锦念，两个男生在温柔的光线下孤独站立的样子，给女生的视线蒙上了一层淡淡的哀伤的光。

[九]

从学校出来时，天已经暗了下来。

陈锦念一眼就看到了站在电车站台上的男生。逆着光，眉眼都有些暗。头发很长，又没有洗，乱得跟一头狮子没什么区别。只是看见自己时一脸毛茸茸的笑容，像是一只小猫。

脖子上还缠着纱布。

就算是当时只有匆匆一面，加上后来在电视上看到的一眼，放在一起也仅仅三分钟的时间吧，这个男生的脸还是像被烙印在陈锦念的记忆里，一段时间都清晰得想要忘记都是一件很难的事。

陈锦念能够捕捉到男生眼睛里面的光亮。

他朝陈锦念叫了声："喂——"

要乘坐的那辆电车刚好到，陈锦念理也不理地一脚迈上了车。背在身后的书包却被人粗暴地扯住，伴随着陈锦念一声尖叫，背后浮起了一个恶狠狠的声音："喂，你眼睛瞎了么。"

"你松开我啊！"

"你不会说你不认识我了吧。"男生有些气急败坏，把女生拉下电车，两个人面对面站在站台上，身边的人来来往往，根本没有人理会他们，"我跟你说，我叫谢沧澜。我就是——"

"那个被刺的倒霉鬼！"

"哈！"男生笑起来，抬手在空气中打出一个很亮的手响，"原来你还记得我啊!"

"我只是不想搭理你而已。"

"那你当时还救我?"

"我……我……"陈锦念看着男生一脸的认真反倒没了言语，"只是看着你可怜，所以帮你拨了急救电话。"

"喂，我想跟你说一件事啊。"

"什么诶?"

"我……我……"第一个"我"被喊得声音很大，甚至连站在他们身后的大妈都不由得把目光转过来看，而随之声音立刻降了下来，到了第二个"我"就连听力一向不错的陈锦念也辨别不出男生到底在嘀咕些什么了。

"喂，你能不能痛快点!"

"我想跟你说……诶……我送你回家吧。"

"为什么?"眼睛瞪得老大，看上去无辜又清白的样子。

"因为……我想……跟你处朋友啊。"

"你说什么呀?"

"你给我的印象不错哦。所以……"

"谢……你叫谢什么来着?"

"谢沧澜。"男生翻了翻眼睛补充道。

"啊，对，谢沧澜——我跟你说，你这些混账话去哄那些无知的小孩子吧。我又不是不知道你是什么样的人。你再跟我来这套，小心叫堂兴圣再捅你几刀子!"

"堂兴圣是谁?"男生的眉毛高高地挑起来。

"你还真是好了伤疤忘了疼。"陈锦念笑着，"难道你不记得那天是谁捅了你么。"

"我当然知道。"男生笑哈哈地，"要不是昨天他主动去警察局自首，我出院的第一天就跟他去拼命。"

"堂兴圣去自首?"女生撇撇嘴唇，"怎么可能? 他是被警察带走的!"

"什么堂不堂的? 捅我的人是我们职专的二毛。"

轰隆隆的巨大声响。

之前貌似坚硬强大的内心地壳终于禁不住最后一根稻草的力量，一寸寸塌陷下去，腾起的灰尘渐渐蒙住了女生的双眼。

还真是比窦娥还冤，这天为啥还晴瓦瓦的，现在就应该下起铺天盖地的鹅毛大雪来，再去想自己给堂兴圣带来的一系列麻烦，陈锦念已经忍不住要抽自己两个耳光了。

拗不过谢沧澜的气力，被拉扯着远离了站台。

街道上只有稀稀拉拉的行人。

没有人会注意到这两个拉扯着的少年。

在谢沧澜非常认真地说着"真的很感谢你呢，谢谢你救了我，所以我们谈恋爱吧"这样荒唐话的同时，陈锦念是有过一瞬的恐惧的。譬如说"这小子不会兽性大发把自己强暴了吧"之类的。可是还没等自己的恐惧升级，就听到一个叫她温暖安心的声音，就像是手足无措时的雪中送炭。

及时而温暖。

"放开她！"

循着声音看过去，不远处站着的男生撑着一把伞站住。

"你是谁?"

"他是我的男朋友呢。"陈锦念骄傲地说。

萧尘明朝陈锦念尴尬地笑了一下，然后转向谢沧澜："你以后不要再找她了。"

总归是隔着那么五六岁的光景吧，迫于年龄对比之下形成的强势压力，谢沧澜虽有不甘和无奈也只能徒然地放弃。只是他想不明白，陈锦念怎么会突然间冒出来这么大的一个男朋友。

这是真的么。

从谢沧澜瞬间松开的手掌中逃出，跌撞着扑向了萧尘明："你怎么才来啊！"

回来的路上，陈锦念歪过头靠住萧尘明的肩："不关堂兴圣的事哦。"

"今天听阎老师说了。"顿了下，"这事我有推不了的责任的。明天你们班主任会开班会澄清这个事吧。"

"我们是要跟他道歉的吧?"

晚上睡觉的时候还在想着傍晚的事。

和萧尘明走出去很远很远之后,还看见谢沧澜一动不动地站在原地。

抬起手来在面部擦了擦。

那个动作,是不是意味着他哭了呢。

而就在一转身,黑夜轰然降临。

再回头时就再也看不清楚那个少年的身影了。

是看不清了,还是不见了,还是他走掉了呢?

[十]

果然第二天老阎一脸谦卑地出现在大家面前,然后堆了一脸的笑解释着说堂兴圣根本没有参与斗殴事件,只是非常偶然地路遇,并且不幸地被卷到那个倒霉的事件当中,好在没有挨刀子,逃脱的时候恰恰遇见了陈锦念。

真相大白之后的陈锦念尽管早有所准备,这一刻还是慢慢红起了脸,整个人僵在那,所以她没有看到黎朵朵看过来的恶毒得跟眼镜蛇一样的目光。

如果把那道目光比喻成一把刀,也许陈锦念早就被捅成蜂窝煤了。

下课的铃声一响,陈锦念就站起身来朝堂兴圣的座位走过去。然后敲了敲对方的桌子,男生抬起眼来,看见了一张大红脸。

"是我误会你了,给你带来了不少麻烦……总之,我给你道歉。"

"不关你的事!"男生的注意力仍放在手中的书本上,"是萧尘明跑去乱说,我知道的。"

"请你不要跟萧尘明过不去,有什么不满都朝着我来就是了。"陈锦念没想到堂兴圣会是这样的一副态度。又怕他跑去找萧尘明的麻烦,所以忍不住吐出这一串话来。

男生把手搭在眉毛上，做出一副大惑不解的样子。半晌才说："你这是来道歉的，还是下挑战书的啊？"

"总之，萧尘明的事就是我的事，你要是跟他过不去就是跟我过不去！"

堂兴圣的目光紧紧跟着女生脸上流露出来的焦急神情，突然笑了："好啊，那我就让你见识见识你的萧尘明到底是哪路货色！"

在此之前的另外一件小事：

下课的时候秦斯跑过来聊天。

两个人站在教室门口。

陈锦念把一块石头递给秦斯看："好看不？"

"这是你给萧尘明的礼物？"

"嗯啊。"陈锦念笑笑，"他过几天就过生日了呢。"

"锦念，你是喜欢你哥哥的吧？"

堂兴圣拿在手里的笔啪地一声掉在地上，慢慢地抬起头，看向站在门口的陈锦念，她的脸上浮起窘意。

半晌之后才应了下去："……我就是喜欢他啊。"

——你是喜欢他的吧？

——我就是喜欢他啊。

[十一]

那些经由沈哲从堂兴圣手里传来的信封里放着的是两张萧尘明和顾小婧的合影。

就算是其中热吻的一张没有男生的正脸，不过那个黑色的脑勺，陈锦念还是认得的，至于另外一张叫陈锦念看得心惊肉跳的照片则有力地佐证着她之前的判断。

照片直接导致了女生情绪的崩溃。

她把好看的石头记扔在地上还不算，还要恶狠狠地踩上几下。

陈锦念的背后，是堂兴圣慢慢浮在脸上的笑意。

陈锦念对事件最初的肇事者堂兴圣视而不见，怒火全部转嫁到蓝眼影顾小婧身上。之前也不是没有见到过，就算是在学校里，萧尘明和顾小婧也总是成双结对地出现，甚至有一个周末，萧尘明在自己的打印机上给顾小婧打印教案。而流长飞短更是常见，沈哲不止一次地说在电影院看见了萧尘明和顾小婧，而且当时顾小婧是有位子不坐，偏偏要坐到萧尘明的大腿上呢。顺便补充了句什么时候美女才能心甘情愿地坐在我的大腿上呢。

[十二]

中午的时候，食堂里永远是熙熙攘攘的人群，乱哄哄的叫人心烦意乱。

饭菜的味道浮动在空气中，使劲抽抽鼻子就有一种浓重的油腻味顺着鼻孔钻进肺腑，使得陈锦念觉得在这里再多待一会就会吐出来。

在食堂门口却见到了此刻最不想见到的人。

一出门就撞见了堂兴圣。

"你手段还真是高明哈！"陈锦念不忘对男生冷嘲热讽，"本来以为之前冤枉了你，还巴巴地跑去跟你道歉，现在看来，我还真是太傻了。"

"……其实，"男生一只手搭在额头上，有点难为情的样子，"看到他们那些照片我也很意外呢。"

"得了吧，你！"陈锦念挥了挥手，"你现在心里恐怕早已经乐开了花了吧。你看到我出丑了吧。"

"其实这样也很好呢。"

"什么？"眉毛差点立起来。

"你以为萧尘明跟你会有什么嘛，虽然我知道他并不是你的亲生哥哥，但你们还是不可能的吧。"堂兴圣说完后抬腿就走，走下台阶后像是突然想起来什么一样，回过头来说，"记得把那些照片收好，万一被其他老师看见了，你的萧尘明就要被学校扫地出门了。"

那个下午的陈锦念消失了。

在老师喋喋不休的讲述里，堂兴圣抬头盯着前方空出来的位子。然后他看见了坐在他前面的黎朵朵转过头来朝自己露出甜腻而柔媚的微笑来。

脸上的表情是："呐，我厉害吧！"

[十三]

掐住萧尘明的胳膊，掐得一片淤青连着一片淤青，一抹眼泪汪在眼底："顾小婧跟你算什么关系？"

咄咄逼人的架势，容不得萧尘明的回避。

"她是我的同学。"

"仅仅是同学么？"

"嗯。"

"那……这个又算什么？"陈锦念把照片甩在萧尘明的脸上，"这是你们干出的好事吧。要不要我送给校长看一看呢？"

显然照片的事情出乎萧尘明的意料之外，他弯下身，慌张地把照片捡起，看了一眼就塞进口袋。然后把陈锦念拉扯到一个相对安静的地方："这些东西你是从哪里搞来的？"

"去死吧，你！"陈锦念大声嚷嚷起来。

"陈锦念，你是不是唯恐天下不知道你哥哥的笑话啊。"突然出现在身后的顾小婧一番冷言冷语说得对面的萧尘明的脸一会苍白一会绯红，"拿那些偷拍下来的照片，你想干什么啊。聪明的话，赶紧把它们销毁吧。你这样乱吵乱闹，丢不丢人啊！"

即使是全市大学生运动会短跑第一名的萧尘明也没能追上陈锦念的拼了老命的步伐，像是要甩掉紧随其后的魔鬼。

而身后是顾小婧尖锐得有些支离破碎的高叫："萧尘明，我们俩到底谁是你女朋友？你今天要是去追她，以后你就再也别来找我啦！"

顾小婧说得一点错也没有，自己这个样子，是要被人笑话的，是要被人笑掉大牙的。

那些过去的日子像是潮水一样翻涌着朝自己涌来，就跟吞噬一只蚂蚁一样将自己席卷得不见踪影。

两手掩面，眼泪从手指缝间滴滴答答地掉下来。

泪水蒙了厚厚的一层，以至于根本无法看清楚脚下的路，以及迎面而来的笑容满面的男生。

遇见陈锦念有些出乎谢沧澜的意料。

本来只是找这里的初中同学去打篮球，因为还有一段时间才能下课，而学校的门卫老头管得又紧，无奈之下发了一条短信确认同学不会失约后就转身进了便利店买了一瓶饮料。不过是一转身的工夫，出来时抬头就看见了从学校门口捂着脸一路飞奔的女生，甚至在红灯的情况下横穿了马路。

诶，她还真是不要命。

把瓶盖旋开，仰起头喝了一口。因为无聊或者对女生的"勇猛"甚感兴趣，所以才又看过去一眼，这一看吓下了男生一跳。

那不是自己前几天想要表白的女生么。

甚至来不及把瓶盖旋上，仰起脸笑眯眯地跑了过去。

却不想两人撞了一个人仰马翻，而手里的那瓶水不偏不倚地砸在了陈锦念的头上，黄色的橙汁洒了女生一头。

"你瞎了眼了啊！"

"啊，真是对不起。"

"谢沧澜——"女生抬起眼来，只看见藏青色的棉布外套，"是你诶。"

第 四 回　>>>>>>

[一]

谢沧澜在一叠声地说了若干句"对不起"之后强行把陈锦念领进了一家理发店。显然谢沧澜跟这里的店员熟悉得很，那个把头发弄得花里胡哨跟个鸡毛掸子一样的理发生在看见谢沧澜牵着陈锦念的手走进来时甚至开起了不大不小的玩笑："诶，你的新女朋友？"

谢沧澜一张脸笑得跟花似的："是诶。这不，刚才我们俩打架弄脏了她头发——"

话还没说完，陈锦念就踢了谢沧澜一脚："别胡说八道，谁是你女朋友！"

"诶，你小子也太不怜香惜玉了。"

"你看她现在还跟我闹情绪呢！"谢沧澜撒开陈锦念的手朝理发生走过去，"你给她洗洗头发。嗯，用那个橘子味道的洗发水，我最喜欢那个味道了。"

"把我头发也给剪了。"陈锦念不动声色地说,"嗯,再顺便染个栗色。谢沧澜,你说我是染栗色好呢还是……"

谢沧澜面有难色地说:"你这是干什么呀? 不是真失恋了吧? "

中间谢沧澜接了一个电话,他推门出去,只有接起电话时突如其来的一句"呀,对不住啊,哥们"被硬生生地夹在门内。再也听不清他接下来到底说了些什么。

[二]

"这个地方你经常来? "陈锦念拿手撩了撩额前的头发。

两个人肩挨着肩坐在一家不知是存放什么货物的库房闸门前,像是许久都没有人来过了,连锁头都上了斑斑锈迹。从门前到马路中间短短的三米左右的距离是个水泥修成的斜坡,被雨水冲刷得干干净净,而两旁的荒草则枝蔓横生。

对面就是火车道,在逐渐黑下来的夜色里,信号灯闪闪烁烁。

偶尔有列车扯着长笛呼啸而过。

这个时候男生的声音就被淹没在火车的喧嚣声里,模糊不清。

"好看。"

"嗯? "

"我说你剪这个发型比较好看……嗯,更有女人味了。"

"……我有点害怕。"

"怕什么? "

"怕你。"

"怕我? "

女生抬眼四处看看,逐渐暗下来的暮色里,男生的轮廓陷在阴影里,看不清楚。"怕你对我做坏事诶。"

"说说你到底怎么了? "

"像你说的,"陈锦念有些沧桑的说,"也许是……失恋了吧。"

逆
+ Back to the light +
光
水格作品

"……就那天我看见的那个人?"

"嗯。"

"他好像比你大很多。"

"废话,他是我哥啊!"

这下轮到谢沧澜目瞪口呆了。

"你……和你哥?"

"又不是亲兄妹,你叫什么啊你?"

"……要不要我帮忙?"男生侧了侧身体,从裤袋里掏出打火机,"啪"地一下点着。小小的火光照亮了男生的鼻子,整张脸因此显得有点诡异。

"帮什么忙?"陈锦念开起了谢沧澜的玩笑,"去教训那个负心汉么?"

黑暗中谢沧澜稍稍挪了下身体,动作幅度不是很大但女生还是有所觉察,也相应地挪了挪位置,保持着刚才与男生的距离。

"你就那么怕我啊。"谢沧澜看着陈锦念,"我看你就是不想让我好,要是打起架,我肯定不是你那个哥哥的对手呀。"

"那你还帮个屁啊。"陈锦念不知被什么东西触动了泪腺,有温热的东西在眼眶里涌动。

"我可以做你的男朋友啊。当你开始一点一点喜欢上我之后,那么你就会一点一点放弃你哥哥的吧。我可以转嫁你的感情。"谢沧澜狡黠地眨了下眼睛,"我好伟大的吧。"

陈锦念再也控制不住地哭出声来。

于是两手抱膝,头埋下去,整个身体团成一个不断颤抖的球状。

对于女生突然失声痛哭的局面完全没有准备,谢沧澜习惯性地抬起一只胳膊,想要搭在女生的肩上,却又停在了半空。

——"喂,你别哭了——"

——"看来你真的很伤心啊。"

——"你再哭的话,我也要哭了啊。"

从地上站起的谢沧澜,从口袋里拔出一把刀,他潇洒地在空中挥舞了那么一两下。语气跟着也提了起来,冰冷得就像持在他手里的刀子,将黑暗划破。

"你要是真的很恨他的话，那我就去帮你捅了他！"

"啊？不——"

"嗯？"

"我一点也不恨我哥，只是——"

"只是……你觉得你很没面子的吧。"男生淡淡地说着，"就像是皇帝的新装？"

谢沧澜这副认真的样子，突然让陈锦念有点感动。

"很小的时候，我问我妈我是从哪来的。我妈就跟我说她是从垃圾箱里捡我回来的。我一点也不觉得这个事很没面子，就四处嚷嚷着我是垃圾箱里捡来的，甚至，在街上走路的时候，看到垃圾箱我就会冲过去看，我老是想着也许那里面就会有像我一样的小孩子呢。可是——"

"……"

"后来，一个男孩指着我的鼻子笑话我不是我妈亲生的。就是那时候，我突然觉得很羞耻，特别是想起自己当着妈妈的面还跟别人说自己是垃圾箱里捡来的孩子。那时候，我三岁吧。"

或许就是这样吧。

在知道真相后像是海水一样席卷来的羞耻感。

"天黑了。"男生仰起脸来。

"可我不想回家，妈妈会笑话我的。"

"你觉得丢脸？"男生站起身，拍打着裤子上沾住的灰尘，"就算你觉得很丢脸，你也不必在自己的妈妈面前脸红。是不是？"

俯下身，把右手递给陈锦念。

即使是看不见光的夜晚，女生还是能够感觉到男生温暖的笑容，像是某种毛茸茸的小动物。

"来——"

[三]

“……下午是谁给你挂电话诶？”

“我初中一个哥们……他也在你们学校。”

“谁啊？也许我认识呢。”

“他叫吴建。”谢沧澜说完后就看见陈锦念的下巴快掉下来了。

“他啊！”

“怎么？”

“我们班的班长。不过说实话，我挺烦他这人的。”陈锦念垂下眼笑了笑，“……到这就行了，我自己上楼吧。不过真的要谢谢你。”

“那你小心诶……啊，对了，这个给你。”男生从口袋里掏出火机，“如果楼道黑的话可以照个亮。”

“……嗯。”

把书包从左手换到右手，然后按响门铃。

打开门的人，是一脸焦急的萧尘明。

[四]

“你喜欢顾小婧么？”

“……喜欢吧。她家很有钱，其实这些年，她也没少帮我……”

“你喜欢就好啊。”陈锦念把水杯从左手换到右手，手心里全是汗，“……其实我一开始就该知道的，你这样的人，怎么会没有女朋友呢。况且……”

突然寂静下来的一秒钟。

“锦念……”

"虽然我会觉得很难过、不开心，但是也没什么大了不的，我就当是做了一场梦，不就可以了么。喂，你那么看着我做什么，我做的可不是春梦啊！"甚至故意地要豪爽地笑出来，声音却明显变得哽咽，"不过以后你还要辅导我的功课。物理题很麻烦的！"

"锦念……"

"没关系……所以……"

有那么一瞬间，恨意铺天盖地汹涌澎湃而来。

也只模模糊糊的恨意。

没什么具体的指向。

在萧尘明离开之后，陈锦念把枕头压在头顶，于是哭泣的声音也就无比纠结地传了出来。半晌，妈妈又一次啪啪地敲响了门："你那是在搞什么，怪动静要吓死人。"

满脸泪痕的陈锦念立刻噤声。转了转眼珠想，呃，好像我已经很小声了哦。

[五]

被老阎叫到教室门口罚站也是一件意料之中的事。走廊上偶尔会有学生三三两两地走过。看到被罚站的陈锦念会突然捂住嘴交头接耳说上几句。刻意压低的声音，却还是漏进来只言片语，以及偷偷看过来的复杂目光。

——"……哦哦，就是她哦，那个人就是她……"

——"他们还真是不要脸诶。"

——"这样是会被学校开除的吧。"

——"开除就够了么？那种不知廉耻的人应该去坐牢！哼！"

陈锦念刚想抬腿去追从自己面前走过去的两个女生，却被横在面前的一个人阻挡了去路。黎朵朵拿着一杯珍珠奶茶出现在眼前，挂在脸上的笑容又甜腻又虚伪。

"呐，要喝一口么？"

把脸扭到一边去以示厌恶。

"堂兴圣有把那些照片给你看吧？"黎朵朵几乎是贴在陈锦念的耳朵上，声音腻得像是被涂上了厚厚的一层黄油。

"就是他没给你也没关系呐。"黎朵朵拍了拍对方的肩膀，"呐，要站上一节课呢，要是萧尘明在的话，肯定会心疼得不得了啊！"

等黎朵朵走进教室后，陈锦念才突然想到一个问题。

巨大的疑问像是一团蘑菇云盘踞在脑中。

照片的事连沈哲都不知道，黎朵朵怎么会知道？难道——

要是那样的话，萧尘明死定了。

慢慢浮出水面的暗礁。

湿漉漉的散发着若有若无的黑光。

朝不远处的自己摆出一副狰狞的表情。像是在说，过来哦，有种你就过来哦。

预备铃响起来，一条喧闹的走廊突然就安静下来，来班级上课的化学老师提着一堆的试验器材，看见陈锦念站在门口，就饶有趣味地问了句："萧尘明是你哥哥吧？"

陈锦念低着头看自己的脚尖。听到问话才抬起眼来，化学老师的脸上慢慢浮上来一片奇怪的表情。

"啊。"应完后觉得古怪，于是问回去，"怎么了？"

化学老师笑起来，一张笑眯眯的脸上涂满了虚情假意："你哥哥也是的，怎么跑到你读书的学校来做那种事哦。"

"啊？"心"扑通"一声被沉到不见光亮的深井中去。下沉，下沉——

请不要说了，好么。

"你还不知道啊，啧啧。"一张大脸凑过来，暗藏的嘲弄还是流露出来，"既然想来学校做老师，你哥哥就算是很开放的人，也该有所收敛呀，毕竟老师跟别的职业不一样，怎么着，也要为人师表呀。"

拜托不要说下去了，好么。

化学老师在推门走进教室前的最后一句话是："现在去学校的海报栏，也许你还能看见。"突然明白过来的陈锦念疯了一样拔腿就跑。

陈锦念几乎要哭出来。

完全在预想之外的突发事件，甚至在早上来上学的时候还沉陷在悲伤之中无法自拔。而在这一刻，当看见海报栏上被贴满了前一天堂兴圣递过来的那些照片时，陈锦念大脑一片空白，好像所有的情绪，悲伤啊，欢喜啊，愤怒啊，全都在那些可恶的照片映入眼帘的瞬间被彻底删除。连放进回收站的机会都不给。整个人傻掉了。

完全不知道应该怎么办。

完全不知道应该把什么样的一种情绪攥在手中才算是合适。

一群上体育课的同学围在海报栏前指指点点的说三道四。

也有捂着嘴偷笑的。

当看见陈锦念跑过来时，人群自动给让出一条路来。

不知道过了多久，一直到顾小婧跟疯了一样从后面冒出来然后当着围在一起的人的面撕掉了那些照片，陈锦念才慢慢找回自己，她跟顾小婧一起冲上去撕扯那些照片，泪眼朦胧地回过头的时候看见了站在人群之外的萧尘明。

他垂着头，喃喃地说着："对不起。"

不知道是说给谁听。

顾小婧把那些扯下来的照片撕成碎片攥在手里，走到了萧尘明面前，然后用力地扔在了他的脸上。

"萧尘明，我恨你！"

周围的那群人，慢慢地散去到操场的各个角落。

嗡嗡嗡的议论声却还像是响在耳边，无法驱除。

在一片耀眼的白光下迅速转身，陈锦念推开门的时候，化学老师仿佛早

逆
+ Back to the light +
光
水格作品

已准备好一样提高了嗓音说："请你出去！"

陈锦念理也不理径直朝堂兴圣走去，劈头盖脸就是一巴掌。

"你为什么要把那些照片公布出去？"

"我没啊！"男生无辜的眼神看过来，一再重申着，"我真的没有，我全都交给你了呀。"

身后的化学老师突然咆哮起来。

"陈锦念，你别在这儿胡闹啦，这是在上课！"

男生像是突然明白过来什么，转过头，果真看见黎朵朵那一张骄傲又欠扁的笑脸，正仰起下巴朝自己看过来。

胸腔扩大了一圈，但还是慢慢平缓了情绪。

"是你贴的吧？"

"是啊。"

"黎朵朵，你不是说底版已经毁掉了么。"

"是啊。"黎朵朵自作聪明地说，"不过当时我冲洗了两份哦。怎么说这也是我到目前为止最成功的作品呢。"

"你为什么要贴出去？"

"你不跟我说你烦萧尘明么，我这样做可是为了你诶。"

"你还真是卑鄙！"

"喂，你有没有良心啊，我做这些事，哪一件不是为了你啊！"一边控诉着男生一边两眼泛起了泪花，"我哪一点比不过陈锦念啊。"

陈锦念在面前这两个人的对峙中慢慢地蹲在了地上，双手捂住脸，还是不能阻止眼泪掉下来。

[六]

萧尘明在事发之后立刻被学校扫地出门。而他跟顾小婧的关系也一直磕磕绊绊，像是随时有中断的可能。以前周末，萧尘明经常找各种借口不回家，就是回家了，也老爱往外跑。现在倒是常常回家，却老是愁眉苦脸，还经常在电话里跟顾小婧吵架。

既然老吵架，那还不如分手呢。

陈锦念却没有勇气把自己的想法说出来，毕竟那是萧尘明自己的事。

更何况，眼下的自己像是招惹上了一个大麻烦。

谢沧澜像是一块狗皮膏药，粘在身上，怎么也摆脱不了。

秦斯跟沈哲两个人莫名其妙搞到一起，放学后去景子街买什么书包饰品之类的小东西，陈锦念无视他们的幼稚举动，一个人乘电车回家，却在走出校门不久后感觉到自己好像是被人跟踪了。

这个"发现"不到一分钟之后，那个拽得不行了的男生就拉住了锦念。任凭陈锦念怎么挣扎，他都不松手，甚至把女生就地顶在墙壁上，一手捏住锦念的下巴。

"你干什么？"

"我喜欢你。"

"哦？"陈锦念忽闪忽闪眨巴了两下眼睛，"喜欢我？"

"嗯。"

"那请我吃炒河粉吧。"

一滴汗停在了谢沧澜的额角："这就可以了？"

之前也有看到男生这样轻浮的举动，所以便根本不把男生的话放在心上。经常会看到这样的举动，比如说有一天放学走出校门，会看到把头发弄得跟刺猬似的谢沧澜嘻嘻哈哈着朝自己招手，或者随便跟一个什么女生谈情说爱，在看到自己后会把嘴巴张得圆圆的，然后夸张地耸耸肩膀油腔滑调地说着什么对不起啊我老婆来了你赶紧走吧她可是一只母老虎看见我跟你搭讪会不高兴的。除了常常把陈锦念弄得哭笑不得外，却也带来了以前从来没有享受过的欢乐。

呐，这样不是也挺好的么。

[七]

最后一节课的时候收到谢沧澜的短信。

"放学后我在你们学校门口等你，你不见我我就去死了算了。"

陈锦念有些无奈地回了条："那你就去死吧。"

却还是忍不住放学后站在学校门口四处张望。

找到谢沧澜的时候，他正跟一个女生谈情说爱呢。

说实话，那女生还是挺漂亮的，背后叠着双手靠在墙上，而谢沧澜探过身体捏住女生的下巴，比起那天对待陈锦念有所突破的是，他还在女生的脸蛋上亲了一下。

然后说我喜欢你。

在不止一次听到这四个字后，陈锦念已经麻木到连最初呕吐的感觉都消失了。

只当这是看一场激情小电影。

索性也就没吱声，等着看谢沧澜下面的表演。

女生说："你为什么喜欢我?"

谢沧澜说："因为你漂亮。"

"比我漂亮的女生多了去了，你怎么不去喜欢她们?"

"因为她们都不是处女了，不值钱了。"

"哦。"女生一把推开谢沧澜说，"那对不起，我也不是处女了。"

等谢沧澜转过身看到的，则是蹲在地上快把肚子笑差了气的陈锦念。

"喂，看人家笑话啊，你这个坏人——"谢沧澜拿腔捏调甚至还摆出了一个兰花指。

是这样的人，不以成人的标准来划分好孩子坏孩子。

所以再见谢沧澜，只是觉得自己并不讨厌他。也或者说，觉得他是一个有趣的人。

"我现在可以做你男朋友了吧？"谢沧澜在请完陈锦念吃炒河粉之后探过头去嘻嘻哈哈地说。

"做梦吧你！"陈锦念看着还在满头大汗地忙着消灭盘子里的食物的男生俏皮地说。

"那人家什么时候可以转正啊？"

"你能不能别用女人的口气跟我说话，恶心死了。"

"那给你来个爷们的——来来来，小妞，那本爷啥时能成为正室啊！"

"……呕……"

[八]

晚上在回家的电车上，两个人拉着吊环站在空荡荡的车厢里。

"这是最后一班车了吧？"

"嗯。"

"那你一会儿怎么回家？"

"你不用管我的。"谢沧澜忽然把头扭过去不敢看女生的脸。

"你这么晚回去你爸不会打你么？"

"不会的。"过了好半天，他才轻轻地说了一句，"我爸他……"

"怎么？"

"他们都说我是一个私生子。呵呵。我从没见过我爸爸的样子。也许……他现在已经死了吧。"

差不多就在这时候，电车发出"咯吱"一声，整个车身像是要被掀飞一样向前冲去。即使一只手狠狠地抓住吊环，身体还是受惯性控制朝向身旁的男生怀抱里跌去，一切都是猝不及防，烟草的味道猛烈地灌进鼻孔，脸颊贴住男生身上的黑色衬衫，而另外一只手无意识之中紧紧地抓住男生衬衫的下摆。

紧紧地贴住男生温热的身体。

再抬起头来，看到的是那样一张让十七岁的陈锦念从未见过的忧伤的脸。

湿漉漉的泛着光。

黑暗中的天空，走过大团大团的云朵。

像是什么东西垂直降落，压在胸口，连半口气也透不过来。

浮动在黑暗里的光。

或者温暖的伤口。

[九]

秋老虎垂死挣扎到了十一月末，气数终于到了尽头，于是冬天势不可挡浩浩荡荡地占领了青耳城的每一条街，每一条道。

学校里大多数人翘首期待的是十二月份的圣诞节，而且听学长们说还要把元旦联欢会安排在圣诞节前后呢。这样一来，课余之后闲谈的主题自然围绕着"圣诞"、"元旦文艺会演"的话题展开，而在女生们的嘴巴里，最终会指向那些英俊非凡的男生。

"……如果堂兴圣能表演就好啊诶。"

"隔壁班的张锡和也不错啊！成绩优秀，运动全能……"

"哪里比得上我们班的堂兴圣俊美无匹诶，整天挂上耳机，谁也不搭理的样子，简直酷死了。据说他家老有钱了。而且成绩也不差咧——"

这个时候照例是沈哲把头探过去，夸张的声音跟炸弹似的响开："你们为什么不期待我的横空出世呢？"

凝固了片刻。

女生们花枝乱颤地笑起来："……你啊，就歇歇吧！"

"一块大金子就在你们眼皮底下闪闪发光，你们可真是肉眼凡胎。"

"去去去——"

受到女生集体排挤的沈哲把头凑到陈锦念的面前，一改方才的嘻嘻哈哈而摆出一张严肃担忧的面孔来。

"诶，放学之后有事么？如果没有事的话，跟我一起去把文艺会演需要的演出服租回来，如果时间富裕的话，我希望你能跟我一起去看看堂兴圣。"

"看他？"

"他都两天没来上学啦！"

"我不是班干部，就是我想去，也找不到借口啊。"陈锦念为难地说，"我这一去，要是叫黎朵朵知道了，说不定又要找我什么麻烦呢。"

"以同学名义有什么啊。"沈哲摆出一副老成的口气说着，"为了你，他已跟黎朵朵闹翻了啊！"沈哲又换上一副埋怨的语气，"他做那些还不是为你。原来黎朵朵对他多好哦。现在黎朵朵可是处处找他麻烦，前几天找了技校的人在电车上打他呢。"

"唔，行了，你别说了，放学后我跟你去。"

虽然内心里还是觉得别扭，拿不准放学是否真的要跟沈哲一起走。但看着男生的后脑勺在自己眼前晃来晃去的。可能男生与女生真的不一样吧。不会有那么缜密和敏感的心思。所以去看看也是无所谓的事吧。何况，对于堂兴圣这个人，自己居然一点都恨不起来呢，不仅不恨，甚至希望他能过得好好的。

下午的时候，班长吴建又凑过来怪腔怪调地劝说："你就跟着沈哲一起去看看吧，"并解释说老阎也很关心呢，怎么说都是咱们班级的尖子生诶，"要不是一周前就约了初中时最要好的哥们去打篮球，我也就过去看看咧。"

陈锦念有点生气，摆摆手说："我去不去不关你的事吧。"

吴建摆正了表情："关啊关啊，要不是我这边学生会忙的话，我也就跟着你们一起去了。"

"行了，你别说了。"陈锦念受够了吴建的官腔，也想到了不久之前，堂兴圣跟吴建之间的一场较量，更坚定了陈锦念一定要去看看男生的想法，

逆

+ Back to the light +

光

水格作品

"就是因为你不去，我才要去看一看堂兴圣的。"

[十]

把演出服的事搞定之后，暮色已经垂挂下来。

从学生登记表上看，从这里再坐两站车就可以到堂兴圣的家了。沈哲站在站牌下朝陈锦念解释着。然后从口袋里掏出两个硬币，把一个递给陈锦念说："我真怕堂兴圣出点什么事呢。"

"你担心因为你的事？"

"嗯。"

"别自作多情了。堂兴圣那样没心没肺的男生。要是离家出走也指不定呢。"

"不能吧。"言外之意是"他怎么会那么狠心地抛下我不管呢"，那副遭人遗弃的神情使得锦念微微地笑了起来。"指不定跟谁打架了也说不好。"沈哲挠挠脑勺，露出小男孩般的神情，"……前段时间他就在电车上跟技校学生打过架的，这小子他打架凶得很呢。"

"……不过说实话，你们俩关系还真的很好呢。他能为你挺身而出……"

"是诶。"沈哲紧跟着说。

就是前几天发生的事：

自习课上沈哲趴在桌上昏昏欲睡。两条胳膊长长地越过自己书桌的边界捅到了前座吴建的脊背。陈锦念看着班长吴建又打开班级的违记薄准备给沈哲朝老阎奏上一本后，就忍不住在桌下拿脚踢了踢沈哲的椅子。受到惊扰的沈哲惺忪着眼睛从书桌上离开，转身冲着陈锦念说："妈妈，要我再睡一会儿，就一会儿好不好？"

虽然沈哲的声音不大，但却在安静的自习课堂上被放大。

吴建夸张地笑了起来，他邻座的女生不清楚到底怎么回事，就把探询的目光转向了班长吴建。他就用不大不小的声音给女生解释着。

"沈哲初中时就这样的，每年都要管他喜欢的女生叫妈妈的，他呀，有恋母情结诶。真是丢脸啊。"

"是这样啊。那他的妈妈一定很漂亮吧？"女生追问。

吴建一脸的鄙夷："漂亮个什么呀！他妈妈就是我妈公司里的保洁员。每天负责给我妈公司里的人擦地和清洗厕所。他妈妈一眼看上去很老的。"

吴建和女生的对话，连坐在沈哲后面的陈锦念都听得清清楚楚，更不要提沈哲了。以吴建为圆心的教室的一半人群都唧唧喳喳地议论起来。

夹杂着咻咻的笑声。

而沈哲的脸飞快地红起来。

在没有终止的议论声中，沈哲和吴建明显起了争吵。

只言片语的片段。

"有个当老总的妈妈有什么了不起？"

"啊，我怎么了？"摆出无辜表情的吴建。

"你不要老是说我妈妈的坏话。"

"我只是在说你妈妈是我妈公司里的保洁员诶。这是事实啊。"吴建把声音提了提。

而拳头就是那时打过去的。

只一拳，鲜血就蹿了出来，溅了沈哲一脸，也不知是委屈还是恐惧，导致沈哲的眼里盈满了泪水。

而将吴建弄得满脸是血的肇事者堂兴圣则抱着胳膊站在一边。

"……我最看不惯的就是拿别人的妈妈说事的人。吴建，你不要欺人太甚！就算是沈哲的妈妈在你妈妈公司里做保洁员，也轮不到你来说三道四吧。你这样做只能让更多人看不起你。"

眼里的不服气是那么直接，以至于接下来要动手的企图被堂兴圣看个明明白白。堂兴圣敏捷地躲过吴建打过的一拳，在对手趔趄着往前跌去时，一脚踢在吴建的屁股上，导致吴建的额角正好碰在书桌的一角。

吴建的惨叫声惊动了老阎。

处理完了伤口，从保健室回来的吴建和堂兴圣并排站在教室前接受老阎的审讯。

"……我只是说沈哲有恋母情结。我又没有说错。"

"就算是恋母情结又怎么样?"

是啊，喜欢自己的妈妈，难道还要被人嘲笑么。就是那时候，陈锦念觉得心头一凛。这个常常是不苟言笑敛着眉毛说话走路的堂兴圣还真是一个叫人刮目相看的男生呢。

[十一]

之前对堂兴圣的判断，似乎只能用这样一些词汇来定义，清高自大、孤僻、成绩优秀、外形俊美、打架凶猛、有敛着眉毛看人的习惯……再综合他的所作所为，在电车上和人打架，在秦斯书包里放进小白鼠之类的……秦斯说的没错，这样一个男生似乎只能用"大烂人"来形容。所以，即便是在家中，也该是一个纨绔的富家子弟吧。衣来伸手，饭来张口，甚至动不动就要倒在地上发脾气的小孩子的模样或者摆出老大的排场来。

可是——

之后见到的景象却与预先的判断大相径庭。

不是起风声。不是走云声。不是十九点档的新闻声。不是孩子和妈妈的撒娇声。不是隔壁小孩弹出不成节奏的钢琴声。

昏暗的光线弥漫在破旧的楼道里。

每迈上一层台阶都像是正在接近一个巨大的真相。

惊天动地的吵架声从楼上的某个房间里传出来，即使是紧闭着房门，还是能听见有杯子之类的东西被摔在门上破碎掉的声响。以至于在按响门铃后，沈哲和陈锦念面面相觑地询问着对方，是不是走错楼洞或者出现这样激烈的吵架声是不是该避让一下。

可是，这份庞大的犹豫还没有落地，门就被拉开了。

十一月末的冷风，流窜在黑暗而悠长的楼道里，在门被拉开的瞬间猛烈地倒灌进去，以至于应门来的小女孩脸上的表情受了凉气似的紧绷。

"你们是……"

"……我们是堂兴圣的同学。"沈哲笑眯眯的眼睛天生具有亲和力，"他在家么?"

小女孩点了点头："……在家，可是……"

又一只杯子被摔在地上，发出尖锐的破碎声。

"……你怎么不像你妈一样去死啊!"

"够了!"从卧室里走出来一个鼻青脸肿的男生，"要是你不满我，怎么打骂都随你，只是请你不要牵扯到我妈。"

"哦呀，我说你一句两句怎么了? 你是谁拉扯大的。现在翅膀硬了，想造反了是不是?"

孤零零地站在客厅中间的男生抬起了眼，看见了站在门口的沈哲和陈锦念。

"你们怎么来了?"很冷的声音。

"堂兴圣，谁打你了?"沈哲和陈锦念姿势很别扭地站在门口，不知道是不是该换了鞋子走进屋里。

而堂兴圣却径直朝门外走去。

黑漆漆的道楼里因为男生迅速跑下而次第亮起了灯。

身后传来女人的诅咒声："出门就叫卡车一下撞死你好啦!"

沈哲和陈锦念也匆匆跟在堂兴圣的身后跑下了楼。

在一个十字路口的红灯前，沈哲气喘吁吁地追上了堂兴圣。一只手搭在了堂兴圣的肩膀上："你这样会冻感冒的。"

毕竟是初冬了。夜里的气温也已经降到零度以下了吧。而陈锦念随后赶到，甚至因为过于快速的奔跑使得她每呼出一口气都能看见白色的小团雾气。

"不管发生了什么，你不应该晚上的时候一个人跑出来的。这样的话……"

堂兴圣甩开沈哲的手，"我的事不要你们管!"

径直而勇猛地穿过红灯向马路对面跑去。

逆
+ Back to the light +
光

水格作品

空留下沈哲在后面喊着"危险诶"。对方的身影在红灯跳成绿灯的时候早已沉入到浓浓的夜色中去了。

[十二]

与学校里女生们飞短流长的内容截然不同。"成绩优秀、运动全能，外表俊美无匹，众多女生暗恋的冰雪王子"在家里原来是这个样子的。

像是一匹孤独的狼。

即使他在学校表现得再好、再完美，即使他是世界上最厉害的强者，也会有那样彷徨和软弱的时刻。

更何况，眼下所见的堂兴圣的家境，完全不在陈锦念的想象之内。

巨大的落差瞬间成为现实。

已经按照之前传说的惯势定义堂兴圣的陈锦念无法想象这么多年，在这样淤泥一样的糟糕环境下，男生是如何日益超拔脱俗，越来越光鲜、优秀，甚至在学校风光得像个王子一般。

——"……你怎么不像你妈一样去死啊！"

——"出门就叫卡车一下撞死你好啦！"

就是这样的恶狠狠的叫骂声，彻底粉碎了之前陈锦念对于男生的预判，这并不是最重要的，重要的是，在这样贫穷以及被辱骂的环境下长大的男生，一定是吃过很多苦的吧。那些苦是任陈锦念怎么去想，都无法穷尽的酸楚。

所以，在学校里那些"风光"和"优秀"的背后，男生一定付出了很多其他人不知道的汗水和泪水。就像是这么多年，他的内心一定会被填塞了很多"不开心"和"被误解"吧。

自己就曾经给他制造了一些麻烦呢。

这么想着，陈锦念觉得一阵阵的悲凉。

像是潮水一样，在自己小小的心脏里翻滚煎煮，翻来覆去也无法入睡。

堂兴圣穿着拖鞋和单薄的白衬衫穿过暮色浓厚的十字路口的画面不断地在脑海里重放。

一遍又一遍。

停不下来。

[十三]

"你出去！你给我滚出去！"

站在谢沧澜面前的那个女人遮挡住了他看向窗外的视线。愤怒使女人的脸紧紧地收缩在一起，看上去就像是一枚曾经汁水饱满的水果风化得只剩下了一个干瘪而丑陋的内核。这个形象的比喻使得男生不自觉地微微牵动嘴角并发出轻轻的"嗯"声。

或者是"哼"声。

"嗯"或"哼"，对这个女人都是个巨大的刺激。

"你那是什么态度？"

"真是不成样子的水果。"谢沧澜低下头把书桌上的东西收拾进书包。谢沧澜的语言和行动无疑加剧了女人的愤怒。她无法控制自己把手中的教鞭砸向了谢沧澜的脑袋。可是谢沧澜的动作明显要快于她，一只手攥住了教鞭的另一端，嘴角再次被牵起来，形成一个微妙的角度，让谢沧澜的整张面孔看上去英俊而邪气。

"打人可不是好老师诶。"用力地转过手腕，教鞭在空气中剧烈地抖动一下，咔的一声断掉，而突然的作用力使女人站立不稳，差点跌坐在地上，"我跟你说，我还是未成年人，我可以告你的！"

"你……"

"你什么你呀？"

"你敢顶撞老师？"

"啊~~老师，我不是故意的，真的老师，我对天发誓我不是故意惹你生气的。既然我这么惹你生气，那我还是从你眼前消失掉好了，你看这样好不好？"

"不好！"把教鞭摔在地上，怒气冲冲地说，"去把你爸给我叫来，我就不信管不了你！"

谢沧澜脸上邪气的笑容一点点消释。像是流动的水在一刹那间遭遇了魔法，冻结成冰，并发出温暖的气泡破裂时的咔咔声。

"去啊！"见谢沧澜一动不动，女人伸手推了男生一把，"我跟你说话你听到没有？"

"去、去你妈了个逼！"

突然之间的目瞪口呆，连同教室里刚才还七嘴八舌交头接耳的五十几个人，一瞬间像是全被点了穴道，嘴巴或张或闭，半天说不出话，空气形成的波纹晕开来，看不见的什么地方像是有几只蜜蜂，嗡嗡嗡地细细地叫着。

在女人还没得及双手捂住脸号啕大哭之前，谢沧澜单手扯过书包一脚踢开教室的门，扬长而去。在谢沧澜的身后，一片哗然之声像是潮水一样涌过来，男生理也不理，径直朝前走去，空旷的黄昏里，夕阳就像是一个巨大而诱人的鸭蛋黄悬浮在云朵里。

人要是倒霉起来，会像一路遭遇红灯那样的吧。

垂着头走路的谢沧澜几乎被一个穿着拖鞋和白衬衫的家伙撞翻。那家伙真的是没长眼睛，眼也不抬一路往前冲。

正想找人打一架，所以就恶狠狠地骂过去："你他妈找死啊！"

而对方却不搭理，脸上的表情看不出什么，示弱或者强硬，什么也没有，像是下了一场大雾，只看了自己一眼，又转身往前跑去。

谢沧澜往前走了几步又回头去看了一眼。

毕竟是十一月份的天气了，他竟然只穿了那么单薄的一件衬衫，而且还踩着拖鞋。这个世界真是什么样的精神病都有。从鼻孔里轻轻呼出的"哼"声刚刚落地，就看见了站在前方十字路口处的陈锦念，以及跟她站在一起的男生。

突然造访的好心情。

举起手迎了过去："陈锦念！"

沈哲侧过脸来问陈锦念："是谁啊？"

"……一个小流氓。"在谢沧澜站在对面等绿灯的时候，陈锦念咧着嘴巴笑的同时却对沈哲说，"一会儿你就跟他说你是我男朋友，叫他没事离我远点。"

沈哲的脸飞快地红起来。

"你红什么脸诶。"陈锦念看着不争气的沈哲微微有些无力。

"真巧诶。"

"嗯。"

"可以请你去看电影吗？"

"我……"陈锦念向沈哲看过去，一副欲说还休的神情。

谢沧澜问："他是谁呀？"

"哦……他是我的……"

"我……我是她男朋友。"尽管底气不足，沈哲还是把女生的话补充完整。

——他是谁呀？
——我是她男朋友。

逆
+ Back to the light +
光
水格作品

第 五 回　>>>>>>

[一]

　　夏天时厌恶得要死的阳光，现在谈起来，像是一件奢侈的事。一周之内，竟然下了四场小雪。天上云层压得奇低，一团一团盘踞在头顶的不远处，像是一伸手就能够到一样。从北方吹来的风，把秋天时落满了整个操场的黄色枯叶吹得一干二净。只有吃完午饭从学校食堂走出来，才有那么一段暖暖的时间，也仅仅就那么一小会儿，闭上眼睛，阳光打在眼皮上，泛出暖色调来。

　　更多人是趁着这一段时间趴在课桌上，闻着木头的清香，浅浅地睡上一会儿。阳光透过巨大的玻璃窗落进来，笼罩着年轻又疲惫的身体。

　　地理老师举着大地球仪说一年之中白天最短的一天是冬至日。陈锦念注意到沈哲转过头来跟旁边的男生说话，然后两个人都忍不住地笑了起来。素来以严厉著称的地理老师举着教鞭踱过来。

　　"你们俩刚才说什么呀？"

沈哲搔搔脑勺，一手指住同桌的脸："啊，他在跟我说，冬至日是一年之中夜晚最漫长的一天。"

"白天最短的话，当然就是黑天最长，这个还用你说？"

"我不是这个意思。"

"那你什么意思？"

"他的意思就是他要在冬至日那天结婚。"同桌指着沈哲一张白掉的脸，"春宵一刻值千金，沈哲说他这一夜得比别人多赚多少金子啊！"

这下轮到地理老师的脸白掉了。

全班同学都嘻嘻哈哈地笑起来，只有几个不明白怎么回事的女生问来问去，惹得同座的男生笑得更加猖狂。

就是这样渐渐丧失了温度和颜色的季节，像是什么都安静下来，燕子飞回南方，青蛙开始冬眠，连平时最喧闹的校园也安静了许多。只有像沈哲这样的男生还在偶尔制造着一点意外。比如说——

[二]

堂兴圣从电车上跳下来时，天色还蒙蒙亮。学校里一排排灯光都亮起来。因为早上六点半就要读早自习，所以一些住得离学校远点的学生往往五点就要起床，匆忙洗漱完毕后，把面包和事先温好的一袋牛奶放在书包里，往电车站赶去，而那个时候，天色往往也还是黑着的，清冽的星光闪耀在黑漆漆的天空里，有时候会有这是夜行的错觉。但也只需半个小时，天色就亮起来了。

而今天天色却迟迟没有亮起来。

堂兴圣扯紧书包往学校门口走去。

身后撕扯的声音贴着风传进耳朵。

堂兴圣停下脚步，熟悉的声音在响："……你们干什么呀？"

模糊的夜色里，看也看不清楚，一团乱糟糟的黑影。

是些小痞子吧。

之前沈哲就曾被几个小痞子缠住，当时是为了索要钱财。沈哲吓得还哭了鼻子，事后才知道那不过是附近初中的三五个初一的小孩子，大约是因为打游戏没钱给逼的，所以……不过沈哲当着堂兴圣的面可不想露怯。他只是笑哈哈地说钱财都是身外之物了，能保住我处男之身就好诶。

因为想起了这些，堂兴圣忍不住把笑意浮上了嘴角。

断断续续的声音传过来。

"……你们是要钱么。都给你们啊，你们可别打我啊！"

"打的就是你！"

"你为什么打我？"

"我警告你，以后少跟陈锦念走得那么近，否则……"

被劫持者像是嘴巴一咧，哭腔就被带了出来。

如果说对于之前听到的声音还心存疑惑的话，那么这哭腔无论变幻了什么面目，堂兴圣也能辨认它的主人，因为这的确只有十七岁的沈哲才能喊得出来。

堂兴圣把藏在口袋里的小刀掏出来，飞快地向藏匿在黑暗中的一团人影跑过去。

[三]

迟到的沈哲和堂兴圣一起走进教室时，吓了陈锦念一跳。

沈哲脸上淌着泪珠，而堂兴圣衣衫凌乱，脸上有几处伤痕，明显是打斗过的痕迹。包括陈锦念在内的所有人都以为堂兴圣揍了沈哲。

堂兴圣在嗡嗡嗡的议论声中坐到自己的位置上。

陈锦念走过去问沈哲怎么回事。

沈哲不说话，趴在书桌上哭了起来。

陈锦念走到堂兴圣的桌前："……沈哲怎么了？"

"还不是因为你？"敛着眉毛心不在焉的模样，"那个姓谢的。"

"谢沧澜？他怎么可以跟沈哲过不去？"

逆
+ Back to the light +

光

水格作品

沈哲回过头来，带着一嘴的哭腔："上次我不是说过是你的男朋友么，所以……"

堂兴圣跟看笑话似的补了句"那小子看上你了"，然后就低头去看书了。

傻乎乎地站在原地。

突然压在胸口的一块大石头，根本喘不过气来。

[四]

放学时，陈锦念跟沈哲一起走出学校，看到顶着一团乱糟糟头发的谢沧澜时，沈哲小声地跟陈锦念说："就是他了。"

"你看准了？"

"烧成灰我都认得。"沈哲退到了陈锦念的身后。

原来退下去的怒气，在一瞬间全部翻涌出来。陈锦念迎着谢沧澜一脸邪气的笑容走上去。

"……你怎么老躲着我呀？"

"我……"陈锦念也说不上为什么，总不能把"看你就不像好人"或者"怕你对我动手动脚"之类的话就这么硬生生地抛给对方吧。但只是——

只是。

从背后走来的人，把手搭在陈锦念的肩膀上，力道很重。扭过头去看，和自己并肩站在一起的是敛着眉毛的堂兴圣。

"因为我不想她去见你。"摘下耳机冲谢沧澜说。

"你们……"

空气被一寸一寸冻结。

"啊……谢沧澜，我给你介绍一下，这是我的男朋友堂兴圣。"

"你男朋友换得挺勤的！"

陈锦念对于谢沧澜的挖苦不以为意。

倒是站在他旁边的堂兴圣铿铿有力地顶撞回去。

"换得勤不勤也不关你的事吧。"顿了一下，"跟你说，要是你再来惹麻烦，别怪我对你不客气！"

这边的沈哲以及站在对面的谢沧澜，都张大了嘴巴说不出半句话。

"好！算你小子有种！"
谢沧澜把手中的烟头往地上一扔，转身就走。

[五]

谢谢你。
以及埋在心底的话是，为什么你要那么说呢？

生活像是正在一步步进入正确的轨道，每个人都在经历了一阵动荡后安静地运行在各自的轨道上。每一天太阳照常升起，温暖的阳光被一团团积雪的云团吸纳干净，再抬起清亮的眼睛，也不会觉得刺眼。
就是这样平静的生活。

六]

连续三个礼拜的周末，萧尘明都没有回家。母亲从早上起来就催促着陈锦念给对方挂一个电话询问下他最近在忙什么，如果没有什么事的话，一定要记得回家来看看。陈锦念瘪了瘪嘴，很不情愿地说："他不会出什么大事的。"

"这个孩子是怎么说话呢？别说出大事，出小事也不行啊！"母亲从厨房里走出来，把一摞碗放在桌上。

"……他很烦呢！"

"怎么说？"母亲把碗放在桌上的时候发现多拿了一只，"就好像你什么事情都知道似的。"

"他和顾小婧最近闹别扭呢。"

"啊!"把多余的一只碗带回厨房,"闹别扭也不能不回家啊!"

第一个电话的确是拨给萧尘明的,却在响了一声之后被对方按掉了。然后再拨,听筒里就传来一个中年女人的声音:"你所拨打的用户现在无法接通,请您稍后再拨。"无奈地笑笑,扭过头朝母亲喊着:"这个臭小子关机啦!"

第二个电话是拨给堂兴圣的。电话接通的时候,陈锦念觉得自己的心一下被提上来,突然不知道为什么要拨这个电话,感激吗,还是同情?还是像是别人说的那样,想窥视人家的隐私。也或者仅仅想听听他的声音吧?

应该是仅仅想听听他的声音吧。

陈锦念的脸微微地红起来。

"你找谁?"

"我……"陈锦念掐了一下大腿,恨自己连话都讲不清楚,"请问堂兴圣在么?"

对方似乎是愣了下,有半秒钟的停顿。然后像是洪水冲破大坝势如破竹地将陈锦念凶残地吞没。

"他死了!"

"他……怎么了?"

"你耳朵聋了,没听见我说话么,他死了他死了,我们家没有这个叫堂兴圣的牲畜,你以后不要打电话来找这个死人!"尖厉的声音从话筒里扩散出来叫远处的母亲微微皱起了眉。

"锦念,这么吵,你在跟谁通电话啊?"

"啪"的一声,陈锦念把电话挂掉。

心跳却不能停止地乱掉了节拍。

他……究竟怎么了呢。

[七]

像是什么地方破了一个洞。有冰冷刺骨的凉风呼呼地吹过来。陈锦念站在走廊上看着操场上热气腾腾地打篮球的男生们，有些悲凉地想着，一步之遥就是另外一个人生吧。

堂兴圣垂着头从篮球场上穿过。

没有其他人拉上他一起玩球。

曾被那么多褒奖和欣赏的目光围绕的男生，正在渐渐淡出人们的视线，与此同时，真相正在逐渐显露。除了女生们还念念不忘地夸奖堂兴圣的美貌以外，其他所有加在他身上的标签似乎都在渐渐褪色。

他不是女生们幻想的那种家里有钱又有势力的冰雪王子。

他只是一个把自己包裹起来的小孩，不愿意让别人看见他脆弱的小孩，所以总是冷着一副面容对待这个世界。

呐，这样的堂兴圣是需要帮助的吧。

何况，因为公开张贴照片而跟黎朵朵彻底闹翻后，有什么微妙的变化在班级里悄然发生。一直到有一天，黎朵朵找到陈锦念，抹得红通通的一张嘴像是两瓣食人的花朵。

"你想知道关于堂兴圣更多的事吧？"一个得意的笑容挂在黎朵朵的脸上。

"你知道？"

"我就是知道啊！"骄傲的神情浮起在黎朵朵的脸上，"要是他敢跟我过不去，我饶不了他！陈锦念，到时候你别怪我没提醒你哈，你可千万不要跟他这种人走得太近啊，要离他远远的呢。要不，他挨人家捅刀子，溅你一身血可没人负责哦。"

陈锦念不屑地笑笑："要是我偏偏想跟他走得很近很近呢？"

"很近很近？"黎朵朵诡异的笑容浮上来，然后咬牙切齿地说着，"那你就试试！"

　　下个礼拜去残疾学校交流。所以要求班级上每个同学都要捐款，然后再由班干部去买礼物，跟残疾学校的同学互换。这样的课外活动在青耳中学再寻常不过。陈锦念同情心泛滥得不行，一出手就捐了二百块钱。负责收钱的生活委员啧啧称赞，只是末了加上的一句话叫陈锦念很难受，像是活生生吞了个鸡蛋，卡在喉咙处吐不出来也咽不下去。

　　"堂兴圣也太没同情心了吧，他怎么可以捐两块钱，连去残疾学校坐车的路费都不够，这种没人性的人在我们班级，还真是丢脸。"

　　在生活委员向下一个同学走去的时候，陈锦念偷偷回过头去。

　　堂兴圣伏在书桌上一动不动，把脸埋在胳膊中间，像是要睡觉的样子。

　　转过头来招呼生活委员回来。

　　陈锦念从钱包里掏出一张一百块钱来，生活委员的脸上立刻笑成一朵盛开的花，把手放在陈锦念的额上："你发烧了吧？要捐三百？"

　　"这一百块钱是我替堂兴圣捐的。"

　　"不会吧？"生活委员这一次差点把眼珠子掉下来，"你对他怎么这么好哦。"

　　"少废话了。"陈锦念无所谓地笑笑，"这样的话，你当生活委员的在其他班级面前不是可以抬得起头嘛。省得别人说咱们班有个没人性的家伙，让你觉得丢脸。"

　　生活委员的脸飞快地红起来，但还是俯下身甜腻地在陈锦念的耳边说了句谢谢。然后皱着眉头问："呐，这张钱上签谁的名？"

　　——因为怕收上来假币，所以每张钱上都签上交款人自己的名字或者做个记号。

　　陈锦念拿起笔后犹豫了一下，到底是签自己的名字还是堂兴圣的名字呢。

　　"要不，干脆你别签了。"生活委员的嘴角浮上一丝笑意，"反正你又不会那么坏地交一张假币上来不是?"

"也是。"陈锦念松开了手中的笔，朝生活委员挥了挥手，"呐，记得别让这件事被别人知道，这些钱反正也不公开，最后只报个总数，你交上去就是了。"

生活委员拍了拍陈锦念的肩膀，笃定地说："你放宽心吧，一定不会有什么出入的。"然后扭过头去，朝坐在后面的黎朵朵打了一个胜利的手势。

上午明亮的光线照耀在每个人的脸上。

讲台上的老师在一片白光中微微闭上了眼睛。粉笔灰尘寂寂地浮动在空中，教室里的每个人都像是一台吸尘器，一天之中不知道要吃掉多少粉笔灰。

老师伸手把百叶窗拉上，在走回讲台上的时候眼睛就睁圆了，对于上述举动他什么也没说，学生也因为看清了黑板上的字而摘去了眼镜，这样的配合和心照不宣，在日复一日的相处中已经形成了习惯定势，熟悉到不需要去解释。

这样融洽的生活，是可以一路继续的么?

门突然被老阎推开，讲台上的老师抬起头，看见对方后就笑起来问："阎老师，有什么急事吧?"

老阎白着一张脸走上讲台跟正在讲课的老师耳语了几句后，正在上课的老师收拾好课本和教案，夹在肘下走出教室。关上门后，老阎抱起了胳膊，一脸威严地扫视下去："上午谁交了假币，不想找麻烦的话，你自己站起来。"

下面的同学面面相觑，议论声像是潮水一样翻涌着。

在一片持续的唧唧喳喳的议论声中，生活委员一脸无辜地站起来，："对不起呀老师，是我工作没做到位，所以才会出现这种事。"

老阎朝她摆摆手说："不关你的事，我现在只想知道是谁交了假币上来，你这算什么，拿学校当什么了? 你要是不想捐钱的话可以直说，没必要搞这一套花花肠子!"

潮水退去，下面一片鸦雀无声。

"好，没人承认是吧！"老阎走下讲台，顿了下，像人全死了一样寂静，接下来突然拔高的声音就显得非常震撼，"没人承认我就揪不出来你嘛！"

黎朵朵站了起来："老师，反正钱上都是有记号的，要是不嫌麻烦的话，完全可以重新核对一次，这样的话，那个拿假币去献爱心的人就会自露马脚了。"

陈锦念在那一瞬仿佛意识到什么。

[九]

核对工作在无聊而热情的氛围中进行着。

其他班级的同学已经下课，在走廊上大声喧哗打闹着。

而陈锦念屏气凝息等待着老阎核对到自己的名字。

其实自己完全不必担心，交上的三张一百块钱是早上从银行的自动提款机里取出来的，如果那里还吐假钱的话，陈锦念就觉得这个世界要裂开了。

嗯，裂开了。

所以，在忐忑过一阵之后，就只剩下看热闹了。

何况这样的热闹本来就很无聊，于是悄悄拿出手机发短信给秦斯，问她周末要不要一起去看电影，就是那时老师读到了陈锦念的名字，停了半天，教室里的空气都像是僵住了，然后才在生活委员的帮助下，确认了没有问题。

陈锦念重重地舒了口气。

"下一个。"老阎推了推眼镜，"堂兴圣……"

生活委员脸上恰到好处的惊讶被挂出来："老师，就剩下三张一百的，这里面都有记号，分别是张笑笑、吴建和李成卓的，我找不到堂兴圣交的一百块钱了。"目光也跟着老阎举在手里的一百块假币一起迷惘起来，"我简直不敢相信怎么会这样啊？"

老阎说："对上谁了？"

"还有一个人也捐了一百块，他是……"生活委员面有难色但还是吞吐着说了下去，"他是……堂兴圣。"

原来一直在无所事事地转着笔的堂兴圣突然挺直了身子。

刚好迎上了生活委员转头看过来的目光，下巴仰得高高的，一副"你完蛋了吧"的幸灾乐祸的神情，而转过头去面向老阎时又换上一副既同情又失望的面孔，操着温柔的声音说着，"老师，堂兴圣不是那种人吧。要不，我再核对一遍?"

老阎摆摆手示意不必了。

窗外明亮的阳光突然丧失了温度。

冰冷刺骨地照进每个人的眼睛。

在一片唏嘘感叹的声音里，男生倔强又僵硬的一张面容被无数含义复杂的目光打量着，心里发出"哦""啊""嗯"这样的感叹。

——原来他是这样的人哦。

——寒酸的话可以不捐么，为什么要捐假币呢?

——这是对我们的侮辱，这样的害群之马真应该立刻开除。

到处都是这样暗黑的想法和对话。

就像是漂浮在水面上的那些垃圾，旷日持久，臭气熏天，根本无法清理。为什么生活在这样一个根本无法想象的糟糕环境中。

"老师，我根本没捐一百块钱!"朝教室里的人环视一圈，才缓缓地说，"也许有人在陷害我。"

老阎把目光转向生活委员。

"他说的是真的?"

生活委员立刻做出一副恍然大悟的样子，连着拍了三下脑门："哦呀，是啊是啊，堂兴圣只捐了两块钱。"

教室再一次爆发出唏嘘感叹声。间或几声味味的嘲笑声。

——果真是寒酸呢!

——啊，怎么会这样? 他捐两块钱，那还不如不捐了吧。

——从一百块跌到两块钱，人家容易么。

堂兴圣的脸这一次飞快地红起来，他也想捐更多的钱，可是……根本抬不起头来，老阎在平息了教室里的议论后问生活委员这是怎么回事。

生活委员把目光投向了陈锦念。

在矛头指向自己之前，陈锦念已经知道自己掉进了陷阱。

处心积虑地设下的一个陷阱。

漆黑冰凉。

还真是为难了她们了。

陈锦念转过头去，看见了黎朵朵正若无其事地翻着书，脸上的骄傲和得意一览无余。转过头来，面对的则是比这个冬天还要寒冷上不知几百倍的一副面容。

这样一个阳光明媚的冬日，闭上眼睛就是无光的暗黑，仿佛在漫漫的大海之上，夜晚的风声从头顶掠过，看不见泅渡的光亮。

陈锦念从容地站起身："我是帮堂兴圣捐了一百块钱。我也保证我捐的那一百块钱不是假币。"

老阎饶有意味地看着女生："你靠什么证明呢？"

真是自取其辱。拿什么去证明呢？她难过地看着老阎："我拿我的人格担保。这事不是我干的。"

生活委员呼的一下站起来，眼泪那么快就挂在了脸上："陈锦念，你把话说清楚点，那事不是你干的，也就是说是我干的了？要是你没有什么想法，你犯得着帮堂兴圣捐钱还不让我跟别人说吗？要是我知道你有这么阴暗，我才不要收你的钱。你有什么目的大家还不明白么，因为你哥的事，你还记恨着人家堂兴圣吧，所以才要处处与他为敌。"

老阎也挑了挑眉毛问陈锦念："你为什么要帮堂兴圣捐款呢？"

为什么呢？

呐，你是记恨他还是喜欢他？

[九]

堂兴圣白着一张脸看过来。

眼睛红红的，像是揉一揉就会淌出眼泪来。

陈锦念张了张嘴，却什么也没说出来。

[十]

按照计划去残疾学校慰问。一个班级需要乘坐两辆大巴车。因为没人提醒堂兴圣，他接到老阎挂来的电话时，前一辆大巴车已经出发了。等他提着书包跳上大巴后才发现大部分的地方坐满了人，但毕竟因为前一辆车坐满了人，这一辆里还是会有几个空下来的位子。于是沿着过道朝里走去，座位上不是放满了衣物就是一个人占着两个位置。好不容易找到一个位子可以坐下去，却听到靠窗的男生这样说："那么多座位你偏偏坐这里干什么，一会儿我们几个人还打扑克呢。"连续遭遇了几次这样的拒绝，什么"对不起，要放东西了"或者"哦呀，这个位子是我帮人占的了"。"我想躺这里睡觉呢"等等。拒绝的借口五花八门，最后堂兴圣就只能手抓着椅背站在过道上。一直到身后有人小声叫他的名字，转过身，看见坐在最后一排的陈锦念正朝他招手。

"呐，到这里来吧。"女生善意地笑着，"这里还有一个位子的。"

男生迟疑了一下，拿着外套走了过去。

"谢谢你。"

"那一百块的事……"虽然有些无力但还想解释。

"不管那件事是不是你干的，我都不计较。"男生逆光下的一张脸上闪耀着光芒。陈锦念侧着脸看向男生的目光有些湿润。而男生接下来的半句话却叫陈锦念半天都吐不出一个字来。

深深的暮色或者浅浅的悲伤。

往不知名的远方放逐，被潮水吞噬也好，被云朵覆盖也好，被沙漠裹胁也好……

"不过，我死也好活也好，请你都不要再管我的事了。"说完，男生把脸扭向一边，看着车窗外飞逝的景色。

——我死也好活也好，请你不要再管我的事了。

什么都是凑巧。

如果不是那么凑巧的话，那么遇见的时候，能不能不是在几千米之下寂寂无光的海底，而是在春光正浓的教室窗口。又或者你抱着篮球，像大多数寻常的学生一样，三五成群地汗流浃背着穿过操场，然后遇见站在樱花树下的我。

而这些，都只能是在漫画或者少年小说里看到的画面吧。

[十一]

堂兴圣在喧闹的联欢会场中退出身来。

倒不是因为受不了班级里某些人看过来的嘲讽的目光。就算是仅仅捐了两块钱又有什么呢。仅仅是因为前一天晚上吃坏了肚子要跑去上厕所。进了隔间不久，吴建几个人就跟着也进了厕所，一排站在小便池前小便。

方便之后他们并没有走，而是躲在厕所里抽起了烟。

有一搭没一搭地说着话。

"还真有你小子的哦。"吴建的声音，"那假币不是你家制的吧。"

"哪里哪里，不过老大需要，我拼了老命也得整来啊。"

"就你小子油嘴滑舌。"吴建笑了笑，"要不是黎朵朵要整下陈锦念，我也犯不着四处找这一百块假币，幸亏有你帮忙，要不黎朵朵非跟我急不可。"

"老大，这烟抽着还行吧?"献媚的声音听上去就叫人恶心。

"很好抽是吧?"堂兴圣冷着声音说，"那给我也品一品怎么样啊?"

吴建转过身去，看见站在身后的堂兴圣，一张脸比哭了还要难看。

[十二]

　　就算是当着秦斯的面发誓说我要是再理堂兴圣的事我就是个下贱的女人这样恶毒的话来，还是不能阻止自己陷入了悲伤的沼泽。会不经意地从老师讲课的声音里分出神来去看看坐在身后的堂兴圣，会注意到他额头上的OK绷是否又多了一条，会无意识地偷偷跟在他的身后，一直到男生停在卫生间的门前扭过头来说"你难道想陪我一起进去"，门被拉开，露出里面正在提裤子的沈哲。

　　即便是遭到了这样的戏弄，依然想搞清楚在堂兴圣身上究竟发生了什么事。

　　持续不断的悲伤让陈锦念把每一天都过得晦暗不明乌云密布，以至于有点喘不过气，所以才会在接到谢沧澜挂来的电话时有点惊喜，脑袋一时抽筋就答应了对方的提议。

　　站在走廊上嗯嗯呀呀的陈锦念被沈哲取笑了一番。

　　"你那声音真是蛮有诱惑力的！"

　　"去死！"没时间跟沈哲斗嘴皮子的陈锦念稍微有点不安。

　　跟一个男生去看通宵电影有点不妥吧，何况对方和自己也不是很熟，而且用萧尘明的话来说，那还是一个小痞子，跟这样的人在一起，妈妈是不会同意的吧。

　　要是被妈妈知道了会被打断一条腿的吧。

　　管不了那么多了。

　　可这样压抑的生活还真是毫无生气。再这么死气沉沉地过下去，陈锦念觉得自己的身上快要生虫了。

　　以后的事以后再说吧。

　　谢沧澜手里举着一桶爆米花朝自己跑来。

在坐在位置上等待电影开始的那段时间里，谢沧澜说："其实我跟电影里的方枪枪性格挺像的。"

"你看过这个电影？"

"嗯。"没等陈锦念追问为什么要再看一次，谢沧澜解释道，"挺好看的，所以想再看一次。我比较喜欢这个电影里那些小孩子……"

"你喜欢小孩子诶？"

"小孩子蛮好玩的。"

"我跟你说，最近我常去邻居家看小孩子，刚刚一岁，脸蛋粉嘟嘟的……"

"……男孩？"

"你怎么知道？"

"一猜就是。"谢沧澜一脸自信地盯着陈锦念，"连小孩子都不放过。"

"……所以我也想养个小孩玩，玩腻了再扔掉。"

男生一脸怪怪的表情，看了陈锦念半天才说话："……你跟我说这个是什么意思？"

"……"陈锦念有些无力，"放心了，我没那个意思的。退一万步说，就算是想找人生孩子，你也不会是第一人选的。"

"你多想了诶。"男生坏笑着，"我又没说要和你生。"

电影开始了。

从始至终，陈锦念也无法喜欢上电影里那个叫方枪枪的男孩。

她觉得他有点欠揍。

[十三]

如果没有记错的话——

偷偷伸过来拉住陈锦念的右手的人是谢沧澜吧。然后他还在黑糊糊的光线里贴在女生的耳边说话，他说："我想亲你一下啊。"

"……又在说笑？"

"是认真的！"

"鬼才相信！"

"我骗你我都不姓谢！"

"你不姓谢快有八百次啦！"

所以在天还蒙蒙亮的时候就借口去上厕所而仓皇地逃跑了。下了大雾的早晨，隔上五六米就看不清人影。毕竟已经进入到十二月了，温度早已降到零下，路上的行人都变成蒸汽机，嘴巴里一路冒着白色的气团。陈锦念一路哆嗦着往前跑去。

因为一夜没睡，整个人都有些恍惚，像是踩在云朵之上的不真实，以至于见到握着车把一条腿跨在车梁上的堂兴圣时微微有些惊讶。

甚至有"见鬼了吧"这样的疑问。

而他只是淡淡地说了一句："嘿，要我载你一下么。"

而载一下的结果就是堂兴圣挨了一顿揍。

身后有踢踢踏踏的脚步声。

陈锦念跳上男生的单车，非常焦急地说："快走快走！"

堂兴圣把车骑出很远之后，雾气像是渐渐散了。远处的高楼被勾出了柔和的轮廓，而紧紧抓住男生衣角的那双手也下意识地松开，又攥紧。

"……他对你动手动脚？"

"没，"回答完毕才意识到男生的问题有些诡异，"你……"

"那个男生是要跟你处朋友吧？"

"你跟踪我？"

"你想去哪？"

"回家吧。"陈锦念无力地说，"我太困了，我想回家睡觉。"

"嗯。"男生用力地弓下腰，踩下踏板，然后小声地说，"对不起。"

"什么？"陈锦念以为自己听错了。

"前段时间，那一百块钱的事……误会你了。"男生的声音出奇的温柔，

"不过，其实，你完全没有必要那样去帮我的。无论他们做什么，我都不会觉得自己受了伤害，这么多年，他们那种小孩子的把戏我见多了。"

陈锦念的眼泪在一瞬间汹涌而出，她悬在空中的手终于实实在在地搂住了男生的腰，把脸贴在男生的背上，或许是因为太困了，以至于她靠在男生的背上恍恍惚惚地睡过去了。

一直到家门口，男生才叫醒她。但也只是淡淡的一句品不出味道的"到了"。

"哦。"

"……你好好休息。那我走了。"

"谢谢你。"陈锦念突然觉得有点不对劲，"诶，你怎么知道我家住这？"

还没等女生的疑问得到回复，便看见堂兴圣敛着的眉毛展了开来，而顺着男生的目光扭头看过去，像是从天而降的母亲，以及冲在母亲前头的萧尘明挥着拳头冲向了堂兴圣。

[十四]

陈锦念觉得自己变成某些词条的注脚。

鲜活而完美。

比如说"跳进黄河也洗不清"，比如说"越描越黑"，比如说"有口难辩"……总之，母亲和萧尘明一口认定了自己在和堂兴圣处朋友。

"……要不是萧尘明过来帮忙，我昨天晚上非急死了不可。你说，是不是以前我不在家你也一个人跑出去鬼混？"

[十五]

进入十二月份，即使是在学校里，圣诞节的气氛明显浓重起来。黄昏时天也黑得快，做值日走得晚的话，能看见黑暗的操场上有人在放那种可以拿在

手里燃烧的烟火。都是些高三还要读晚自习的学生吧。能闻得到硫黄的味道，甚至在经过他们身边时能看到火花照耀出来的幸福而焦灼的脸。

因为要排练"元旦文艺会演"的原因，班干部要和一些参与演出的同学还留在学校的小礼堂里。白天的时候，吴建跟猴子一样跳回班级大声招呼着大家去小礼堂看热闹。据说是隔壁班重达一百九十斤的一名男生正在排练炸弹级节目，被传叫做"肥天鹅"的芭蕾舞。

"有穿演出服么?"好事者询问吴建。

"当然有了。"

"……很好看么?"沈哲歪着脑袋问。

"总之是丑到极点了啊!"吴建看了看沈哲，"人家那一条胳膊就有你两条腿粗，在台上给你一跳，我跟你说，你不吐才怪呢。"

"那么有冲击力?"

"是诶是诶!"吴建很远见地说，"我跟你们说，这个节目最后校长肯定不会通过的，所以也就现在有机会看看，以后想看就看不到了。"

"那快走吧!"

大家呼啦呼啦往外走，吴建还不忘嘱咐一个女生叫上她的同桌。而沈哲则在跑出门去又跑回来，朝坐在位置上的堂兴圣招手："走诶，去看看啊!据传说很丑很丑的，丑得前无古人后无来者。"

"我不去!"

"去吧!"

"我不去!"

"那我走了。"

对吴建颇有微词早已不是什么稀奇事，所以陈锦念听到女生们对这位显得不稳健的班长的指手画脚也全然没有放在心上。只是当听到她们拿吴建和堂兴圣相提并论时才微微蹙紧了眉毛，不想放过任何一句话。

"吴建也真是，还班长呢，老拿人家外貌说话，什么素质啊!"

"他就那样，前段时间还笑话沈哲呢，谁他不嘲笑啊，要不是堂兴圣出手的话——"

逆

+ Back to the light +

光

水格作品

"这么说，堂兴圣还是很好的人呢。"

"……就是老冷着一张脸，跟谁也不说话，怪吓人的，还老是逃课，像是不把任何人放在眼里。虽然说他也干过不少坏事，不过他的本性应该还好吧。为朋友挺身而出，也不像吴建他们那样，轻浮得老是拿人家外貌寻开心。"

堂兴圣拿下塞在右耳里的耳机。

"无论怎么说……"陈锦念看着堂兴圣的眉毛微微地扬起来，"前天的事……"

"嗯?"

"谢谢你。"陈锦念在男生前面的位置坐下来，单手支着下巴，"你以前偷偷跟踪过我很多次的吧?"

"啊?"

"要不……你怎么知道我家的位置在哪。"

被揭穿真相之后男生飞速窜红的脸，完全不知道如何去应付当下的局面，可爱到抓了抓头发，然后换了个话题："……后来那个男生还找你了么?"

"没。"

"没有就好啊。"等说完了，堂兴圣才意识到这句话里含有更多的暗示信息，脸比先前还要红上许多。就连站在一旁的陈锦念也都不好意思再看下去了。

[十六]

小礼堂里排练元旦文艺演出的音乐声隐隐约约地飘出来。

沈哲和陈锦念坐在空荡荡的教室里。开始供暖的教室使冬天变得无比温暖。陈锦念手指按在玻璃窗上，侧着耳朵听着沈哲的话。

堂兴圣脾气是很古怪的人。只是——

"他很不幸呢。"

"怎么讲?"

"他妈妈因为救他死掉了。对这件事,他一直耿耿于怀。他觉得是他害死了自己的妈妈,读小学的时候他还跟我说过是他把他的妈妈害死了!要不是因为妈妈救他,就不会死,妈妈不会死,妹妹也就不会成为孤儿,所以他一直有负罪感……"

"他怎么会那么想?"

"……而且他的爸爸因为这件事待他一直也不是很好。我记得小时候,他常常挨爸爸打。后来他爸爸又跟别的女人在一起过了。"突然想起那天陈锦念跟自己一起去堂兴圣家,就补充说,"那天你有看到的他妹妹的。"

"真的好可怜呢!"

"他后妈很讨厌的,什么家务都不做,经常出去搓麻将,还把做饭、洗衣、拖地、换煤气这样本该大人担当的事推给堂兴圣来做。连小孩子生病了也不管,要堂兴圣背着妹妹去医院,结果……"

"怎么了啊?"

"给妹妹看完病,打完针后,他才发现自己很冷,冷得牙齿直打冷战,问医生要来温度计,结果自己已经烧到三十九度。"沈哲揉了揉通红的眼睛,"所以说堂兴圣是很了不起的人。虽然有时候脾气怪了一点,脾气臭臭的,有很多人不喜欢他,可是……"

"他其实是很好的人。是么。"陈锦念把头转向窗外。

突然热闹起来的操场。

扑在窗子上的鹅毛大雪,像是倾覆的天光,突然之间就落了下来,落在眉毛上、掌心里以及心底最柔软的那个谷地。

圣诞节前的第一场雪里,陈锦念看见了站在操场中央伸出双手仰头朝向天空的男生,雪花铺天盖地地朝他涌去。

叫做堂兴圣的男生,就像是一个丢了翅膀的天使,长久地伫立在雪地里,一动不动。

第 六 回 >>>>>>

逆

+ Back to the light +

光

水格作品

[一]

因为元旦文艺会演的临近，白寥寥的教室也被调皮的学生涂抹得一塌糊涂，甚至有些排练的同学穿得花里胡哨地坐在位置上温书。老师也就"得过且过"地高抬贵手。毕竟老师也是有节目的，多少也算是同盟阵线。外语老师就曾顶着小红帽走进乱哄哄的教室，结果教室就更乱哄哄了。

陈锦念朝堂兴圣的位置上看过去。

空的。

陈锦念举手示意老师要上厕所，得到应允之后拔腿就跑。

男生在看到陈锦念时有点吃惊。

跑出来时没穿棉袄，所以有点冷。不过要是穿着棉袄的话就会立刻被老师发现自己在说谎。陈锦念一脸自信："就知道你在这。"

"你……" 堂兴圣抓了抓头发，"你逃课了？"

没有接男生的问话，而是单刀直入："沈哲给我说了你的事。"

"什么事？" 堂兴圣有点迷惑。却也略微从陈锦念的湿淋淋的双眼里看到些究竟。

陈锦念走过去抓住男生的衣角："所以，这么多年，你一定是吃过很多苦的吧……是不是也会经常想，要是妈妈还活着的话，你就……"

妈妈。

其实"妈妈"这样的话题对堂兴圣来说，这么多年都是一个禁忌，他可以装出很冷酷很坚强的样子，或者说，在应付生活中所有困难的时候，他都可以表现得很男人，唯独不能提到"妈妈"，那是他的软肋，是他的伤疤，好不容易结了痂，谁要是非得再跑过去给揭起来朝里面看一看，堂兴圣只能愤怒相向。可是为什么面对眼前这个女生却一点脾气也发不起来呢。

男生仰起头，闪着水花的双眼看向天空："其实，我有在想，要是当年被车撞上的是自己，而不是妈妈的话，该多好。这样死去的人就是我了，然后妈妈可以开开心心地活下来。"

"你错了呢。"

"呃。"

"你以为那样的话，妈妈就会幸福么。" 陈锦念从来没有像现在这样胸有成竹，"你大错特错了，也许妈妈那一辈子最幸福的事，就是用自己的死亡换取了你的生命。换句话说，你的命，就是妈妈的命，是她用命送给你的礼物，" 陈锦念走上前去，把男生的眉毛努力地提起来，"所以，嗯，你要好好珍惜，要开开心心地度过每一天。这样看起来就好多了。"

"把手拿开！"

"我不！"

"拿开！"

"我不！"

"看看你身后。"

"你们……"

寻声望去，沈哲站在两人身后瞠目结舌地盯住一对亲密接触的男女。陈锦念注意到堂兴圣的脸微微地红起来。

"……你怎么来了？"

"见你好半天不回来，老师叫我看看你是不是掉到下水道里了。"

"说谎！"

"你怎么知道我说谎！"

"就是老师叫人去厕所找我，也该找个女生。"

"我……我，我就是个女生诶。"沈哲拿食指捅在自己脸蛋的酒窝上。

"……呕……"

[二]

白寥寥的天光罩着这三个少年。

一团团铅色云朵里裹挟着无数的雪花，安静地停在头顶。

从妈妈因为车祸离开人世之后，这样一个眉清目秀的男孩渐渐合拢了内心的大门，常皱着眉，说话的时候也是冷着脸。

这么多年，常被冠以"成绩优秀""外型俊美""性情淡定"的男生，习惯了沉默不语，就算是形影不离的好朋友沈哲也算在内，从来没人问过他一句"你幸福么"。

呐，你幸福么？

就是这样的生活，暗黑得如同被泼了浓墨的白纸。

除了黑，就剩下被墨汁浸透后散发的腐臭。

谁是你那一束温暖的逆光呢？温暖地照耀在少年年轻而悲伤的脸庞上。

呐，是你么？

[三]

每个月初会从继母手里拿到二百五十元。

那是堂兴圣最难受却又不得不去面对的时刻：继母一副嫌弃的表情把钱递给堂兴圣，每次这时候她的心情都恶劣得阴云密布，不是在厨房弄得碗盆叮当响就是一叠声地诅咒着堂兴圣早点去死。"除了伸手要钱，你还能干点什么啊？光知道要钱要钱要钱，你就是一只大老鼠！"或者"养你这样一个没用处的废物，我真是做了八辈子的孽！"之类的诅咒，对于堂兴圣来说早已是司空见惯，只是有一次继母说出了让堂兴圣愤怒的话来。

"怎么不跟那个女人一起死了还活下来做什么。"

静了三秒钟。

"你说哪个女人？"

顶撞回去。略微底气不足："……我，我就是说了你能把我怎么样？"

"你再说下去，我保证你会后悔得肠子都青掉。"

"我就说了，你能把我怎么样呢？"继母一把扯住堂兴圣的衣领，近乎面目狰狞的咆哮着，"你这个没良心的！我白养你这么多年了，你把那些钱还给我，还给我——"控制不住情绪的继母，用力地耸动着男生的衣领，以至于领口的纽扣脱落也不觉察，而男生稍微一用力就把女人推开，如此一来，激发了继母更大的愤怒，随手抓起了桌上的物什，是刚从超市提回来的购物袋，装在里面的都是些买给妹妹的零食。而现在这些食物成了继母攻击自己的武器。

抡起来，砸向男生的身体。

从脸到脖子到肩到胸膛，像是雨点一样砸下来。

站在阴影里的堂兴圣一动不动，直到一阵尖锐的、像是电流一样的疼痛从左脸颊穿过，才抬起右手摸了摸那里。

像是被红笔划过了一道。

几滴血慢慢地渗了出来。

不明所以的妹妹突然闯进来，看见哥哥的脸上淌着血，就哇的一声哭开了。

都是些过去的事了吧。

即便是不情愿寄人篱下的生活却也无奈。日常生活还是要照旧。每个月的二百五十块钱到了堂兴圣的手里后大致是这样被消费掉的：上学坐电车要五十四元，每天中午要在学校解决吃饭问题，二十六天计算的话，要花掉一百三十元。每周洗澡两次，一个月下来就要四十元，理发一次要五元。加上平时周日父母都要在厂里加班，和妹妹的午饭也要自己解决，十块钱一份的便当，也要二十块。这样计算下来，每个月只有一块钱的剩余。

每个月只有一块零花钱的悲惨少年就这样诞生了。

有时会觉得二百五十块钱对自己是个巨大的讽刺。

二百五十块。

多一块少一块都不会这么可笑吧。

——"你这个二百五！"

也是继母常常骂向自己的话啊。

虽然那些钱都是爸爸赚来的。

但……

因为母亲的死，所以父亲和外公外婆的关系一直不是很好。毕竟是人命关天的事，所以一把年纪的老人家吵闹着问父亲要回自己的女儿也在情理之中，可还是记了仇，这么多年来，父亲再没有去看过两位老人，也不许堂兴圣去。

甚至说出"要是你敢去我就打断你的腿"之类的狠话来。

但这阻断不了两位老人对孩子的想念，在堂兴圣的记忆里，每次外婆找上家门的时候都是要和父亲大吵一架才肯罢休，但无论怎么吵，外婆还是看不到被反锁在屋子里面的自己。爸爸的态度凶悍而强硬，外婆无一例外都是

逆
+ Back to the light +
光
水格作品

哭嚷着离开堂家的。

后来爸爸娶了新的女人。

继母是母老虎，外婆登门几次均吃了闭门羹，唯一得以进门的一次却是被新女主人骂得狗血淋头，从那以后，外婆就再也没有来过堂家了。

而是常常去学校，隔着铁栅栏，就跟探监的人一样，满眼泪花地看望自己的外孙子。带了很多的零食和一把一把的零钱。

而这些东西在被带回家之后被视为肮脏的东西。暴怒的父亲甚至对堂兴圣说"就算是吃狗屎也不吃他们家的东西"。

那一次，只有九岁的堂兴圣在面目狰狞的父亲面前，抱着刚刚扯开封口的薯条，被吓得哇哇大哭。

仇恨，在两家人之间，像是巨大的、无法逾越的沟壑。

太深太远以至于无法填平。

这么多年。

[四]

就算是没有零花钱也无所谓的。

只是——

"学校怎么聘了个这么老的门卫，能中用么。"沈哲指着远处。然后堂兴圣就看到了外公。他佝偻着肩站在学校的警卫室旁边，一只手搭在眉毛上打遮，往学校里张望着。暮色下，千万条光线凌乱地交织成一团罩在老人的身上。

伤感在一瞬间被放大。

放大到让男生的胸膛里像是塞进了一块冰。

凉得化不开。

周五放学时在校门口遇见了外公。

"你怎么来了呀？"以往都是外婆来学校找堂兴圣，沈哲都认得了她，所以沈哲嘻嘻哈哈地扯了扯书包带凑上去说："原来是姥爷啊，姥姥怎么没来呀？姥姥上次还说要给我带她亲手做的炸糕呢！"

"……你光知道吃！"把沈哲挡在身后，"姥姥在家呢吧？"

"嗯。"

"她身体还好吧？"

"还好。"老人的眉毛皱了皱，"就是……"

"姥姥生病了？"

"她那老毛病了。你也知道，她的胃一直不好……"像是忽然不知接下去说什么好似的，外公停顿了一下，"最近要是有空，过去看看你姥姥，她很想你呢。"

"我这个周末过去吧。"

外公顿时乐了起来，然后从兜里掏出一百块钱："哦，对了，这是姥姥给你的钱，你今年过生日她没给你买礼物的，所以——"

"姥爷，这钱我不要！"

"你拿着吧。姥爷知道你平时没什么零花钱的。"

把钱塞进堂兴圣的手里，外公就走了。

是自己长大了，还是姥爷变小了？

忽然觉得他的背影是那么弱小，外公的身影一点一点走到暮色下的人潮中去，像是一粒沙，被裹挟着叫海水吞没。

连一点声响都没有。

堂兴圣将那张崭新的一百元纸币叠好，放进裤兜里。

[五]

家里照例是一片冷清。

先于自己回到家的妹妹缩着肩膀坐在客厅的沙发里，一反常态地没有打开电视机看动画片。堂兴圣把书包扔在桌上，去厨房倒了一杯开水出来，才注意到她还一动不动地缩在那，没有开灯的房间里一片灰暗，几缕光落进来，只微微照亮了窗前的一小片面积。

光线里的尘埃寂寂地浮动着。

"喂，他们又加班?"

"……"

"你吃饭了没?"

"……"

"喂，你怎么了?"

不耐烦地走过去，一只手探过去戳了下小女孩的肩膀才意识到事情不对头，于是隔着沙发探过身去，在昏暗的光线下，看到了一张湿漉漉的泛着光的脸。

"你怎么哭成这样?"

女孩的肩耸得更厉害，像是被疾风吹倒伏在地面上的荒草一样。哭声也在嘴巴一咧的同时清亮地响彻了整个房间。

"你倒是说句话啊!"不耐烦看到小女孩子张着嘴哭个没完的臭表情，堂兴圣转身把杯子放在桌上，伸手去扭开关，还是忍不住用了粗暴的口气，"你哭什么哭啊!"

啪的一声。

强烈的光线，在瞬间向四面八方辐射。

是这个时候，堂兴圣才注意到地面上的一片狼藉。

"他们又打架了。"小女孩转过脸来看着站在门口的哥哥，"……我饿了。"

"还有开水，你自己怎么不先冲袋方便面吃。"堂兴圣注意到连妹妹的QQ公仔也被随意地扔在了门口，白白的肚腩上沾满了灰尘。随手从地上拾起来，却突然得到了小女孩激动地回应。

"我不想吃方便面!"小女孩的任性劲头冲上来，是堂兴圣所熟悉的语调，甚至可以想象得到在半个小时之后把热气腾腾的荷包蛋端过来时她破涕为笑的表情，不由得抵住额头微微地笑了起来。

"那你想吃什么?"

"我想吃你煮的荷包蛋!"

"……要不我们俩出去吃吧?"

"吃垃圾去!"小女孩抱着玩具从沙发上站起来,一脸热切的表情等待着哥哥的回应, "……我们去吃垃圾好不好啊?"

"你就知道吃垃圾!"

"垃圾好吃!"

"好吧,那就吃垃圾!"

在麦当劳吃汉堡的时候,小女孩还忍不住地啧啧称赞垃圾就是好吃。宽大的玻璃窗,轻松活泼的音乐以及暖气十足的空调。这些才是小孩子应该享受得到的吧,就算是吃下的东西被斥责为垃圾食品,但毕竟比没人生火做饭,一顿连着一顿的方便面要好上许多。

"爸爸回来了?"

"嗯。"

"……我有好长时间没看见他了。他怎么回来就跟她打架呢?"

"爸爸他带回来一个女人。"

"这次他又搞什么名堂?"

"他跟那女人睡觉被妈妈堵在床上了。"小女孩像是在说"哥哥我想再要一个鸡翅"一样寻常, "所以妈就跟他吵起来了,最后两个人还动了手……"

"所以她才没做晚饭就去加班了。"

"嗯。"

"那她没给你留吃饭钱么?"

"没有。"

"也真是粗心。"

"哥……"

"你从哪整来的一百块钱啊?"

"这个……"堂兴圣想这小丫头眼睛还真尖, "你少管了,吃你的就

递
+ Back to the light +
光
水格作品

是!"

"你不是偷的吧？"

[六]

你不是偷的吧？

从什么时候开始,贴在自己脊背上的可耻标签,扯也扯不掉。

[七]

　　一直到把小女孩哄到床上睡了之后才回到自己的房间，把门带上后就一头栽到床上。不清楚到底几点了,透过窗子看出去，外面已经漆黑得如同一团墨了。隔了两条街的一家洗浴中心门前红黄交错的灯火金碧辉煌地亮着，像是寂寂深海里的一座灯塔。

　　这么昏昏沉沉的差点儿就睡了过去。

　　可身体的某一个地方硬得像石头一样，习惯性地把手往下放去，闭起眼睛开始打飞机。气息变得浓重急湍，像是尘埃般微不足道的身体，悬浮在空中，被各种光线所照耀着，往不知名的远方放逐，被潮水吞噬也好，被云朵覆盖也好，被沙漠裹胁也好。加快了节奏的同时听见"哗啦"的一声响。

　　黑暗中的"哗啦"一声响。

　　像是锋利的刀子将空气划开一道口子。

　　受惊的堂兴圣猛地停下来往门口望去。

　　可还是不能阻止一股热乎乎的液体从身体里喷涌出来。

　　"谁?"低低地询问。

　　"下次再做这么不要脸的事记得把门插上！"堂兴圣听得出是继母的声音，"还有，我想问你，你看没看见我放在床头柜上的一百块钱?"

　　"没。"堂兴圣冷冷地说，"下次进门前要敲门。"

第二天一早，堂兴圣就被一阵猛烈的砸门声所惊醒。

赤着上身拉开门，继母凶神恶煞地冲进来，把堂兴圣的裤子往地上一扔，手却扬起来："你兜里这七十四块钱是怎么一回事？"

"我姥姥给我的钱。"

"你蒙鬼去吧！"继母把手中的刷子在空气中刷刷地晃着，"我前天从厂里拿回的三百块钱加班费怎么说没就没了，难道它还长了翅膀不成？"

"我没拿那钱！"

"没拿？"继母阴险地笑了一下，"那你怎么跟你妹去吃麦当劳？"

"我说了那钱是我姥姥给我的。"

"你姥姥估计现在躺在医院里等着你去给她送钱吧？"胸有成竹地攻击，女人的脸充满"看你还能怎么样"的挑衅。

"你什么意思？"

"呐，你要是痛快地把那一百块钱交出来我就不跟你计较那么多了。"继母一副胜利的表情望向自己，那张丑陋的、卑鄙的乃至于恶毒到用"欠揍"这样的字眼来形容都不为过的表情，叫堂兴圣控制不住自己的情绪，"你跟你妹去吃麦当劳花的二十六块钱就算了，剩下的七十四块钱你要一分不剩地还给我！"

"我说了我没拿！"堂兴圣转身套好了衣服，"你把那七十四块钱还给我！"

"我不管你拿没拿，这钱我没收了！"继母举着那一叠钱看向自己。

"你凭什么？"

"凭什么，我凭着的东西多着呢，凭着这钱就是我的，凭着你偷了我的一百块钱，凭着我这么多年白白养活了一个废物……"女人说得有些气喘，"你姥爷挂电话说，叫你去看看你姥姥，在市二院，可能是不行了。"

"什么时候来的电话？"

"昨天晚上我回来的时候，好像是……反正是大半夜打来的，"继母把裤子抛给自己，"哦呀，真是作孽啊，那么晚打电话来，不知道人家要休息么，真是猪脑子啊。"

"你怎么不早点跟我说呀？"

"我这不是说得挺早的嘛！再说我昨天晚上是想说了，可你不是正……"

"行了行了。"

堂兴圣头也不回地跑出了家门。

[九]

没时间去和继母计较那么多。

匆匆地套了外套就出了门，可是到了街上堂兴圣一掏兜，发现继母掏走的不仅仅是那七十四块钱，连同原来的一些钱全都掏了出去。换言之，就是连坐电车的一枚硬币也没有了，唯一的办法只有跑着去市二院。

从站牌上一路数过去，密密麻麻的小字，一共十三站，而外婆到底怎么样了呢。昨天晚上不还是好好的么，怎么不到一天的时间就住院了呢。

周围走动的人群，街边嘈杂的声响，以及头顶纵横交错的电线和电线之上积蓄在一起的铅灰色云朵，都是与自己无关的吧。

堂兴圣记得自己曾经还是长跑冠军呢。

大约是初一的学校运动会上吧。和沈哲就是那次运动会上认识的，因为跑接力比赛的时候他们是一组，可惜交接棒的时候出了差错，以至于两人在比赛后吵了起来。堂兴圣跑起来的时候想到了这件事，想起来也真好笑，那时候还小吧，芝麻绿豆大的事也能被上纲上线到严重的高度。

额头上布满了一层薄薄的汗。

不一会儿，就已经气喘吁吁了，双腿像是灌了铅。

体力好像还不及初中那时候呢，大约是好久不锻炼的原因了吧。

其实是有过一瞬的犹豫。

就这样两手空空地跑过去不是很好吧。

哪怕用外婆给自己的钱买点水果也好啊。

可是……比起水果来，外婆更愿意看到的是自己吧。

所以——

刚才略显疲倦的脚步重又虎虎生风起来。

[十]

算起来，也仅仅有一个月没见吧。外婆整个人都瘦了一圈。

突然涌上眼眶的泪水。

完全没有防备。

外婆看见自己后咧开嘴巴笑，堂兴圣注意到外婆嘴巴里面的牙齿几乎掉光了，看上去嘴唇瘪瘪的，跟小孩子一样无辜。

于是他探过身体抱住外婆。

就像小时候外婆把自己抱在怀里一样。

外公把自己叫到走廊上。

光线阴暗的走廊，狭长而潮湿，没有光，从这头到那端，几个穿着白大褂的人走来走去，穿堂风贴着地面卷过去。

一阵阵的清冷和孤寂。

"你姥姥她大约没有多少时间了。"外公的眼睛像是散了光一样失去了焦点，"她现在是胃癌晚期。过几天医院给她做一次手术，大夫说这次手术难度很大，也许人会下不来手术台的，你也知道，姥姥最喜欢你的，这些天功课不忙的话，你多来看看她吧。好么？"

堂兴圣的眼泪齐刷刷地流下来。

抬起袖筒，蹭了下发红的眼睛。然后重重地点头。

"嗯。"

[十一]

周六的下午，陈锦念收到了堂兴圣的一条短信。

"好难过，我想见见你。"

八个字。

意义明确。

却比不过谢沧澜直接挂电话来得更加实际，而且那么卖力地邀请自己跟他一起去看他们的乐队演出。更多的是新鲜和好奇，陈锦念几乎没考虑太多就应下了对方的邀请，在镜子面前换了若干件衣服之后，陈锦念突然意识到还是要朴素一点为好，选择尺度大胆开放的衣服在谢沧澜这种男生面前充满了危险。

万一他强暴了自己也不是不可能的事诶。最终，她穿了那件终年穿在身上的校服。

所以——

堂兴圣先看到的是陈锦念。

然后看到了跟在她身边的男生，腋下夹着滑板，一副有说有笑的模样。

谁都没有注意到，斑马线的对面，红绿灯下一动不动站着的少年，目光正如漫长而无限的温柔的光芒照耀在那一对少男少女的身上。

深深的暮色或者浅浅的悲伤。

只是——

那条短信她收到了么。

她是没收到的吧。

或者她对自己的关心仅仅是出于女生天性里的母性吧。

所以——

才"收"不到的吧。

——"好难过。我想见见你。"

周末下午，这条短信进来的时候，陈锦念正在和妈妈一起迎接着一个泪流满面的人。手机被搁置在桌上，被嘈杂的声音覆盖掉。妈妈近乎爆发了积蓄了一整月还有余的热情，哗啦哗啦地打开门，哗啦呼啦地说着话，哗啦哗啦地拧开水龙头洗水果……而她哗啦哗啦地做着一切也只为了迎接一个哗啦哗啦的人。

漫长的马拉松式的爱情终于走到了尽头，女友顾小婧终于狠下了心，一脚踹掉了萧尘明，他也只能灰头土脸的跑回家里来诉苦。

"我好难过啊！"陷在沙发里的萧尘明跟个小孩子似的充满了委屈的怨气。

——"好难过。我想见见你。"

每个人难过的时候都有倾诉的对象吧。好比萧尘明难过的时候会找妈妈，自己难过的时候会去找秦斯，沈哲难过的时候会找堂兴圣，那么堂兴圣呢？

那个老是臭着一张脸的男生。

"你出去安慰下你哥哥嘛。怎么心肠这么冷？"妈妈来不及跑过来把自己扯出去，电话就响了起来，"喂，你找谁？"

"……"

"请你稍等。"妈妈故意提高了嗓门，"有人找你。"

不情愿地走出门，然后看到了不争气的萧尘明眼泪汪汪地转向自己的脸。而女生面无表情地径直走向了电话。

"我是谢沧澜。"

逆
+ Back to the light +
光

水格作品

"啊?!" 低低的惊呼，"……是你啊。好久不见呢。"

"那你以为是谁?" 不等陈锦念回答，谢沧澜就兴高采烈地发出了邀请，"我想约你出去看我们乐队的演出。"

"好啊!" 做出决定的速度让电话那端的男生有了一秒钟的犹豫。

"你怎么了？又不愿意请我了?"

"不不不，我高兴还来不及呢——"

放下电话后，陈锦念看到妈妈一脸的不高兴，没等开口说话就遭到了妈妈的指责："你还真是冷心肠呢，你哥哥出了这么大的事，你又没心没肺地往外跑，也不知道跟些什么男生鬼混在一起，出了什么事你叫我怎么受得了啊。"

"我这样一个大活人!" 陈锦念生气地说，"谁能把我怎么样啊!"

说完，迫不及待地消失在门口。

跑到楼下的时候才想起忘了带手机。

不过也无所谓，按照约定的时间到指定的地点就可以了吧。

[十三]

那天陈锦念看到的谢沧澜，简直就一个愤世嫉俗的小朋克。

其实，这些是谢沧澜浪费了不知多少脑细胞才想出来的办法。

之前无论发短信或者挂电话，陈锦念都理也不理，后来朋友给出点子说小女生最喜欢搞音乐的男生了，所以靠着面子从城北最牛叉的老花的乐队里借来了两个兄弟充当门面，当然顺便连乐器也一并借来，光是凭他自己那一把破吉他根本是解决不了问题的。

准备好了这一切，才挂电话去约对方。

本来已经准备好被拒绝后怎么找借口把女生约出来，没想到的是，女生却一口应下来。可是谢沧澜的卖力演唱换来的却是女生的一句"哎呀，什么乱糟糟的东西，烦死了"。随后，女生夺路而逃。

谢沧澜看着女生消失的背影。

抬起胳膊，擦了擦湿漉漉的眼睛。

身后的一个男生推了下谢沧澜："唉，哥们，你不是真看上这妞了吧！"

[十四]

因为不想见到萧尘明的那副苦瓜脸，所以那天陈锦念一直到很晚才回家，吃了饭，洗了澡之后倒头大睡，第二天凌晨被一条短信的声音突然惊醒。

探手从桌上够过手机。

看到有两条未读短信。

一条是谢沧澜发来的："我以为你会喜欢我这样。你就这么走掉了我很伤心。不过，总有一天我会叫你喜欢上我。"

陈锦念想到了谢沧澜歪起嘴角一副小流氓的样子，忍不住在黑暗中呸呸地吐上两口。心里的话是"做梦吧你！"

另外一条短信的内容是："好难过，我想见见你。"

发件人是，堂兴圣。

躺在黑暗里的陈锦念一动不动。

所谓温暖的悲伤，如同一场大雪，铺天盖地从不见光亮的天空朝自己涌来，就是这样的黑暗里，陈锦念揉了揉通红的眼睛，嘴角却浮现出一丝微笑。

呐，我们终于算是好朋友了吧。

第二天的第一节课。

数学老师把一整个黑板都画满了各种各样的符号。而他就跟个巫师一样站在那堆让人头疼的符号中间不停地说着话，仿佛只要下课的铃声不响起来的话，他就可以一直说下去。

在数学老师转身在黑板上继续画抛物线的时候，陈锦念悄悄地回头去看堂兴圣。支着下巴往窗外看去的男生，眼睛似乎红红的，因为临窗，所以阳光破窗而入之后首当其冲地扑满了他的面颊。

整张脸孔都是明亮的。

明亮的忧伤。

陈锦念掏出手机偷偷地在课桌下发短信给堂兴圣。

"你怎么了？昨天的短信我半夜才看到呢。"

随着"发送成功"的字样出现在屏幕上，教室的后面响起了响亮的两声"滴滴"声。数学老师的课也戛然而止。

"谁的手机？"

上课发短信就不说了，这两个人的数学作业竟然也不约而同的一字未写，堂兴圣跟陈锦念并排站在数学老师的办公室对着两张卷子发呆。

女生捅了捅男生的胳膊时："发生了什么事？"

男生转过头来，眼圈一点一点泛红，最后罩上了湿漉漉的一层光。

"我的姥姥可能……"男生的眼泪像是马上就要掉下来，"要死了。"

突然砸在头顶的一记重锤。

在过去的十几年里，陈锦念尽管在小说啊漫画啊电视剧里接触了那么多生生死死的故事，却从未在自己的生活里出现生死攸关的大事，尽管这事其实和自己并无关联。但她的手心还是凉成了一片。

"真的么？"

男生用力地点了点头："……可是我什么都做不了，我就是一个废物。"

"你不要这样说。"陈锦念努力搜索着合适的句子来安慰着怀抱里的男生，"就算是一块石头，你还可以为路边的蚂蚁遮遮风挡挡雨，何况你是这么大一个人呢。把嘴角翘起来，不管发生了什么，你都要好好的啊！"

陈锦念觉得心里最柔软的地方被刺进了一根针。

细细的针，挑拨穿插，将一颗心密密麻麻地戳遍。

"有我在，你不要怕哦。"虽然很少安慰过别人，虽然自己其实也不知道该怎么办，虽然在过去的时光里对这个臭着一张脸的男生有过无数冲天的怨气，可是在这一刻，什么都散去了，而能说出口的也只有这一句话。

——"有我在，你不要怕哦。"

像是许诺给对方的一个誓言。

如同在冬天正午温暖而悲伤的阳光里浮动的尘埃，微不足道。

但聚拢而来的时候也可以是一场漫天席地的沙尘暴。

有什么声音在空气中轻轻地回荡着。

——"有我在，你不要怕哦。"

逆

+ Back to the light +

光

水格作品

第七回　>>>>>>

[一]

不久之前，最后一堂课安排完假期任务之后，老阎笑眯眯地站在讲台上说："那么，我们就来年春天再相见吧！祝你们过节在家玩得快乐。现在我正式宣布，寒假到了，你们自由啦！"那一刻，整个教室像是沸腾了。甚至有许多人把书包抛向了空中。就算是过年，也未必有这一刻来得热闹吧。

沈哲提议假期之后去做一次短途旅行。所有费用均由沈哲那个今年做生意赚到了的老爸承担，原因嘛，无非是表彰一下儿子在期末考试中再次占据了班级第一的宝座。

而在得知了外婆的病情渐趋稳定之后，堂兴圣也同意了这为期三天的城际旅行。收拾好东西出现在火车站的时候，同行的其他三人已经穿得跟狗熊似的朝堂兴圣打着招呼了。

因为只有五个小时的车程，所以买的是硬座票。

陈锦念一落座后就忍不住数落起顾小婧来。秦斯附和着说当初就没看好那个女人，而且也没貌美到让男人神魂颠倒的地步吧，所以……话是这么说的，可是都半个多月过去了，萧尘明还是处于失恋的痛苦中不能自拔，甚至在没人的地方悄悄流眼泪呢。更紧要的是，据妈妈说，他这个学期期末一连挂了五科。

"我真是想不通，哥哥为什么会那么喜欢顾小婧呢！"陈锦念嘟起嘴巴，"我就一点也不喜欢她。"

沈哲立即跟腔："同性相斥，异性相吸。知道不？这就是爱情的力量！"

秦斯笑着凑过去问："究竟怎么回事呢？"

"具体我也不清楚了。"陈锦念朝窗外望了望，火车已经驶出城市，远处连绵的山线以及压下来的很低很低的天空，巨大的像是地面上的山一样的云朵一团一团的盘踞在空中，一动不动，是要下雪么。"……就是有一天顾小婧跟萧尘明说她怀孕了。"

"啊。他们都同居了啊。是要萧尘明负责么？"

"要是让萧尘明负责就好了诶。"陈锦念瘪了瘪嘴，抓起一把薯条塞进嘴巴，"顾小婧说她肚子里的孩子不是萧尘明的，而她又打算把孩子生下来，所以她就义无反顾地跟萧尘明说拜拜了。"

"那她肚子里怀的孩子是谁的啊？"

"鬼才知道！"

——不过半年多之前，也是这逛荡逛荡的火车上，身体歪向一侧，头挨着男生的腹部浅浅地睡过去，梦里面见到的情景是萧尘明跟自己说喜欢，而这也的确是不争的事实啊。乃至醒来后发现不过是一场梦的时候掐得男生的胳膊上一片连着一片的淤青。

呐，仅仅半年啊。

[二]

沈哲看到了漂亮的女服务员当时就心花怒放了。

"麻烦你拿五个圣代，五杯大薯……"

服务员："%……#￥￥·#·！"

"你瞧我这张嘴，五杯大可……"

服务员："在这吃还是带走？"

"带走……不，在这吃……不，带走，对，带走……不，在这吃……"

服务员："……"

沈哲语无伦次地回到座位上后乐得一直合不拢嘴。

"天下掉馅饼了，你咧着嘴露着门牙笑嘻嘻的。"

"美女啊！"沈哲身体歪向堂兴圣，"那个服务员很正点的，我刚才跟她搭讪了，她对我的印象尤为深刻啊！"

秦斯一把打过去："你能行了不？"

陈锦念皱起眉毛笑过去："你们俩真行啊，滑了一天的雪，还有力气打情骂俏。"

[三]

关于这次旅行，陈锦念能记起的只有两件事。

一是沈哲在连续三次跟美丽的服务员搭讪后，依依不舍的离别场景。即使是秦斯百般阻拦也不能让沈哲停下去点餐的脚步。当沈哲标志性的一张笑脸呈现在女服务员面前的时候，招惹来的第一句话差点儿叫沈哲掉了下巴。

"怎么又是你啊？"

"人家有那么讨厌么？"

"你痛快点，后面还有人排队呢。"

沈哲回头看看就堂兴圣站在自己身后。

非常不满的语气："你跟这站着干什么？"

"我怕你点太多东西拿不动，他们叫我来帮你。"

然后照例是颠三倒四的点餐。

等餐的那会，沈哲问女服务员要起了QQ号。

"你有纸没，我写纸上吧……"

"你写我手上吧。"

"那你一会不吃东西了啊？"

"那……我也没带纸啊！"

"……那写餐巾纸上吧。"

刷刷刷——女服务员写完递给了沈哲。回到座位上的沈哲朝着陈锦念挤眉弄眼地笑着："我就是这么帅，美女就是这样被本帅哥泡到的。"

那边秦斯差点儿把刚刚喝进口中的可乐全喷了出来。

"要一个QQ号就算泡到了？"

"总之这次没白来！"沈哲拍了拍鼓起来的肚皮，"啊，好饱啊！"

说完，拿起餐巾纸擦了擦满是油水的嘴角，动作潇洒地揉成一团后抛向一边。

上了回往青耳的火车后沈哲才想起那张写有女服务员QQ号的餐巾纸来，不由得瘪了瘪嘴巴，差点哭起来。

还有另外的一件：

回程的火车上，乘客极少。两节车厢连接处连一个人都没有，冷风从外面倒灌进来，甚至夹杂着雪花。

外面下雪了。

逆着风往南行驶的列车，平缓地震荡着向南，贴着灰蒙蒙的大地，把空气撕开一道口子，往南方去。

中间不知怎么说到了上个学期死掉的一个学长。"……据说很帅气的……""可惜应了我妈妈那句话诶，自古红颜多薄命……"遭到了陈锦念翻眼的秦斯依旧不依不饶，"对啊，你们知道那个男生叫什么吗？"对面的两个男生均摆出了与我无关的神态，堂兴圣甚至早早地拿起了一直捏在手里的耳机，而秦斯说话的速度明显要快于男生们的动作，"……叫陈锦明啊！"转过脸去看向又无辜又恼怒的女生，"怎么听上去像是你哥哥的名字啊！"

陈锦念史无前例地翻了秦斯一眼："……真够晦气的啊！"于是起身往车厢的尽头走去。身后是秦斯的聒噪声："开玩笑啦！再说事实本来如此诶。哪里怪得到我？"

从洗手间出来的陈锦念没有防备地撞上了一个男生的胸膛。

视线所及是一片白色的羽绒服外套，干净得叫人不忍伸手过去摸一摸，不必抬头也可以判断出这个人的身份。于是责怪话就脱口而出了："你吓我一跳。"

"你说过的话当真么？"

"什么？"

列车左右摇摆得厉害，女生不得不抓住男生的衣服用来保持平衡。

"有我在，你不要怕哦。"像是说给对方听的一样。

陈锦念把男生的衣服抓得更紧了，"当然！"

"我……"即使在没有开灯的昏暗光线中，还是能辨别出男生的脸在飞速地蹿红，"我喜欢你。所以……"

接下来的"少儿不宜"画面也在情理之中。

男生的嘴唇又冰又凉，像是薄荷一样的味道。

那这样的话，算不算是恋爱了呢。陈锦念紧紧地抱住堂兴圣的时候想。

[四]

陈锦念掏出手机给妈妈发了一条短信："妈，萧尘明怎么样了？"

却没有回复。

因为漫游舍不得挂个电话过去的陈锦念想着妈妈这会儿大约正在从医院回家的路上了吧，天气这么糟糕，要注意点安全才行吧。于是又把手机从兜里掏出来，重新写了一条短信。

"妈，天气不好，注意安全呐。PS：我想吃你做的青椒炒鸡肉。"

外面的雪下得更大了，棉絮似的，一片扯着一片，天与地模糊了界限，看了一会儿，陈锦念就靠着堂兴圣的肩沉沉地睡了过去。

梦里面，她看见了一群孩子的脸。

一张张年轻的美好的蒙着光的脸。

哭着的，笑着的，以及破碎的脸。

[五]

吴建接住同伴传来的球，接住，跳起，后仰三分投，简直是完美的一气呵成，落下地面的时候却丧气地发现刚才的上篮竟然没进。不免有些丧气。

"呵呵，谢沧澜，我这是逗你玩呢。"

"看你也就是花架子！"谢沧澜脱下外套也加入了比赛。

半个小时之后，吴建、谢沧澜等几个热气腾腾的男生带着黎朵朵一起出现在体育馆外面。

黎朵朵大喊大叫着："好大的雪啊！"

吴建伸过长长的胳膊揽过黎朵朵，捏了捏对方的鼻子："你这样叫小心把狼引来！"

黎朵朵朝吴建翻了一个白眼："什么狼？"

"就知道你会这样明知故问。"顺手帮黎朵朵扣上衣服连带的帽子。

"你就是狼，色狼！"黎朵朵生气地又把帽子给脱下来，"好漂亮的雪哦！"

谢沧澜对黎朵朵的第一印象不是很好，打扮妖艳的女生，这当然不是讨厌的全部，最可恶的是，这是个虚荣的小女生。虚荣归虚荣，却阻挡不了家庭的富足和殷实，而随后被吴建所证明的黎朵朵的父亲是市劳动局局长更是叫谢沧澜确认了一个事实。

距离越来越远。

像是有一道河隔在了他和吴建的中间。

他有点看不清这个朋友的面目了。

吴建确实实现了当初跟谢沧澜说过的理想，虽然当时是当成笑话讲出来的——泡一个有钱有势的女生——即便被说成是"吃软饭"也无所谓，女人嘛，就是用来玩弄的，所以……

吴建搂着黎朵朵，不时地在女生的脸蛋上亲一口。

"我们去吃火锅吧！"黎朵朵朝谢沧澜提议。

谢沧澜僵着的一张脸笑了下："你做主吧。"

几个人浩浩荡荡朝火锅店进军，因为走到了主干街道，车辆比较多，大雪也使得城市交通近乎瘫痪，地上一片泥泞。中间黎朵朵好几次打滑差点摔倒在地上，最后总是在一片危险的尖叫声中抓住了谢沧澜的胳膊才得以保持住平衡。

如此几次下来，谢沧澜突然觉得背后有一道目光像刀子一样朝自己捅来。最后一次扶正黎朵朵后，几个人在马路边站定，谢沧澜指了指路边的一家火锅店询问："你们看这一家店可以么？"

与此同时，一辆黑色的轿车像是失去控制一样如离弦之箭贴着谢沧澜的衣角飞了过去。十字路口处凝滞的红灯也不能使其刹车，刺耳的鸣笛搅闹得人心惶惶，那些正迎着风雪穿行的十字路口中间不及避让的人们发出了一连串的惊呼。

谢沧澜浑身冰凉地望过去。

"啊！撞到人了！"黎朵朵再一次扯住谢沧澜的袖筒喊起来。

天光像是被聚敛了起来。

铅灰色的云层低低地压下来，更大的雪花带着彻骨的寒意扑面而来。

[六]

火车站，男生暖暖地朝女生笑："把你新换的号给我？"

"干什么？"陈锦念跟个水壶似的站在雪地里看着男生好看的眉眼，忍不住得意起来，"……你要发肉麻的短信给我呀？"

堂兴圣没理会女生的发神经。

在存储好对方的手机号码后，男生抬起那张没有表情的脸来，声音淡淡地说着："把你手机给我一下。"

大约是不大熟悉对方手机的操作，弄了半天男生才把对方手机里自己号码的名字改为"小堂"。

"为什么是'小堂'？"

"……我姥姥一直这样叫我的。"

把手机还给对方的时候，男生一张脸像是被罩上了光芒。

"有困难时找我啊！"

而在陈锦念钻进一辆出租车的时候还看见男生站在不远处的广场上举起手来，明明天是阴着的，明明没有光，明明只是一片连着一片的雪花纷纷扬扬地落下来，陈锦念却觉得堂兴圣整个人都从里往外散着光。

温暖的光。

"呐，记得联络哦。"

"嗯，拜拜。"

"拜拜。"

[七]

再抬起头时，陈锦念乘坐的红色夏利出租车已经消失在堂兴圣的视线里。

而沈哲和秦斯更早地先于他们离开。

对于之前沈哲的提议"我打车先把你送到家然后我再回家"的好意，堂兴圣委婉地拒绝了，并且历史罕见地和颜悦色起来说着"也许你更想把这个话说给秦斯听吧"这样的俏皮话，叫拎着大箱子站在一边的秦斯的脸飞快地红起来。

其实堂兴圣已经计划直接前去外婆所在的医院探视了。

终究还是放不下心来。

悬浮在半空。

像是微不足道的尘埃，被寂寂的光线沾染了哀伤的色彩。

即便是外公答应自己万一有事的话会第一时间挂电话给自己。

紧了紧背包带之后，男生掏出一枚硬币上了电车。

掏出手机来挂给外公。

在持续响了很久之后，电话才被接起来。

"喂，你是——"不熟悉的声音。

"我是堂兴圣，我姥爷呢？"

"你姥爷？就是刚才送急救室那位老人的老伴吧。"对方想了一下，怕这边的人听不明白又解释道，"我是你姥爷的邻床，这手机是他落下的，你姥爷现在可能在急救室。"

像是一块巨大的石头从天而降，轰的一声压在心头，连气都喘不过来，甚至连血液都流不回心脏。

在一瞬间，被冻结成冰的少年。

"我姥姥她怎么了？"操着爆破音的堂兴圣把坐在身边的一个中年妇女吓到了。"哦呀，你喊个鬼啊。吓到了我你赔偿啊？"

没时间去搭理旁边那个烫着大波浪的女人。

电话那端的好心人说："你快到医院里来吧，今天一天医院就给老人下了三次病危通知了。你要是来迟了也许就看不到你姥姥最后一面了。"

可以用心急如焚这样的词语来形容少年焦灼不安的内心了。

然而眼下的事实却更残忍。

天气的恶劣导致了道路的瘫痪。电车被堵塞在一个十字路口的前方一动不动。窗外刺耳的鸣笛声几乎让堂兴圣的脑袋爆掉。

而据说，前面发生了一起车祸。

"像是撞死了人。"

"流了好多血呢。"

"哎呀，真是造孽啊！"

"都是这鬼天气捣的鬼。"

……

七嘴八舌的议论填满了一整个车厢。眉毛拧成两道波浪的少年终于忍不住从座位上站起来径直走向司机。

"麻烦你给我开下门。"

司机连头也没回："没到站呢。"

"我有急事。"

"谁没有急事啊，我还有急事呢！"握着方向盘的手重重地按下了喇叭，"我还等着回去交班呢。"

中间夹杂着几句跟少年不相关的"堵得这么厉害啊操你大爷的"以及"我今天都他妈的看到五起交通事故了"之类的感慨。

少年攥紧的手心里全是汗。

几乎要滴下眼泪来的眼睛里一片通红。

"求求你了，就帮我开一下门吧！"

司机扭过头来："你这个小鬼脑子有问题啊，我说中国话你听不懂么。这里不是站台，所以不能开门。这又不是你的私家车，想上就上想下就下。"

"……可我真的有急事。"

"有急事你打车啊！没钱打车就别要求那么高档！"

[八]

无论如何也不能接受母亲被撞的事实，陈锦念赶到医院的时候，萧尘明已经在了。见到陈锦念的第一个反应就是刷刷地流眼泪，连半句话也讲不清楚。

手术室门口的红色灯光醒目持续地亮着。

"我妈她怎么样啊？"

捂着脸坐在椅子上的萧尘明只是咧着嘴发出类似风箱一样的呜啦呜啦的响声。

已经临近黄昏。

外面的雪停了。

云朵像是被风吹走了一般，眩目的天光一刹那倾泻出来，将城市的每个纤毫都染上了金边，以至于医院走廊的地上被投放了一方小小的矩形的金色光亮。

狭长的，潮湿的走廊里充斥着浓重的来苏水的味道。而空荡荡的寂寥和未知的恐惧更是像剑戟一样势如破竹地贯穿了陈锦念的胸膛。

墙壁上亮起一盏灯。昏黄色。一明一暗，叫人担心它随时会灭下去。

"流了好多血……"萧尘明支吾着抬起一张脸来。

手术室的门呼啦一下被推开。

里面强烈的白光流了出来。

穿白大褂的医生摘下口罩冲着萧尘明和陈锦念走过来。

"你们谁是病人家属？"

萧尘明站起来："我是——"

而陈锦念一手支着墙壁，整个人几乎要瘫倒下去。

像是空气被大幅度抽空，而寒冷的空气从四面八方袭来，顺着血液流进心脏，以至于心跳的节奏迟钝下来。

也许下一秒钟，呼吸就会停止吧。

"我妈妈她怎么样啊？"

"病人失血过多，现在需要输血，所以……"

"我来吧！"力气像是重新回到了陈锦念的身上。

"那先跟我来做血型比对吧。"

"把你的袖子挽起来。"护士一边准备着抽血用的一次性针管，一边嘱咐着陈锦念，等到她拿过一条脏兮兮的皮筋准备系在女生的胳膊上时却发现她才把袖子挽到胳膊肘以下，于是露出了无奈的笑，"把袖子再挽高一点。"

可能是为了缓解自己的紧张，护士有一搭没一搭地跟陈锦念说起了话："以前从来没有抽过血么。"

陈锦念把头转向一边，不敢看针头扎进自己的血管，更不敢去看从自己的胳膊里淌出来的鲜红色的血液。

记得听秦斯讲过她曾晕过血呢。

针头扎进血管的一瞬，疼痛感骤然被放大，陈锦念咬紧了嘴唇，目光凝聚在墙壁上"珍爱生命"的标语之上，也许是类似"远离艾滋，珍爱生命"或者"拒绝毒品，珍爱生命"当然也许是"遵守交通规则，珍爱生命"中的一句，而前半句不知因为什么原因，从墙上消失了，剥落了或者被人随手撕掉了也是可能。

无论怎么样，那四个字——珍爱生命——像是另外一支针头，捅进了陈锦念的心脏，更深更剧烈的疼痛感从心脏处被释放出来，女孩盯着那四个字，在夜晚到来之前彻底倾覆的天光里泪流满面。

"很疼么?"护士问。

"不疼。"陈锦念抬起空下来的左手抹了一把眼泪，"好了吗?"

"就好了。"

"麻烦护士你快点，我妈她……"

"你放心好了。就是再快也要按程序来的，要是血型不匹配的话，输到病人身体里是要闹人命的!"护士递给了陈锦念一只棉签，"用它压在针口的下方，记得多压一会。"然后转身把取好的血液样本送到里面的一个仪器里。

像是什么东西沉了下去。

汹涌的海水立刻裹胁过来，吞没了四肢，甚至连说话的机会都没有，就没掉了口鼻，倒呛进来的海水使人闭不上眼，这么眼睁睁地一路往下沉着。

抬起头时，能看见浅浅的阳光碎在头顶的海面上。

而成群的游鱼，像是空中的飞鸟一样，遮天蔽日地浮游而过。

[十]

逆

+ Back to the light +

光

水格作品

一只手搭在女生的肩上。

抬起头以一个仰角看过去，是萧尘明的脸，哭花了的一张脸。才想起来，从开始到现在，一直站在身边的人，是他。

忍不住伸出双手抱住他的腰低低地哭了起来。

另外一只手抚着女生的头发。

"刚才他们说你妈妈是A型血，而你是AB型，你们的血型不匹配——"萧尘明顿了顿，"他们说如果我的也不行的话，那就要到临近的医院或者血站紧急调血了。"

陈锦念松开萧尘明的时候才发现他的袖子也被卷起来。

"你也去做血型比对了？"

"谁叫萧尘明？"

一个护士从办公室里探出头来。

"我是。"

"血型配上了。你是O型血，可以输给病人。"

而第四次从手术室里冲出的医生，表情上明显带有了气急败坏的味道："到底什么时候能把血浆送来？"

"再给五分钟。"护士朝医生打了一个手势，"放心，就可以了。"

萧尘明朝着坐立不安的陈锦念咧着嘴巴笑起来："放心吧，一切都会好起来的，你在这等我一会。"

跟着护士的后面，朝走廊的另一头走去，大约走到一半的时候，身影一转，他消失在楼道的拐角处。

空旷的走廊立即安静下来。

甚至听得见手术室里面手术刀被拿起来又放进托盘的声音。

陈锦念害怕地闭上了眼。

[十一]

不记得什么时候从哪里听来的话，处于危险状况的人想到的第一个求助对象往往是她生命里最重要的人。就好比，无论多大的人，在遭到突然的恐吓时会本能地喊"妈妈"。如果这个说法成立的话，那么——

把手机举起来，打开通讯录，翻到堂兴圣的号码。

犹豫了片刻，还是按了下去。

《赤道和北极》的铃声一直响到了尽头。

再拨。

再拨。

第三次重复到"你所拨打的电话无人接听"的时候，陈锦念绝望地关上了电话，把它放在口袋里等着萧尘明从输血室回来。

——"有困难时找我啊！"

——"呐，记得联络哦。"

不过是刚刚说过的话，甚至还带着温度。

可是又怎么样？

灾难或者恐惧抵达的时候，还是要一个人去承担的吧。之前的那些话，那些阳光下恍惚的笑容全部都是虚假的粉饰罢了。

就算是被告知"抽血是很疼的诶"也无所谓，就算是你之前说过的温言暖语是次作秀也罢，就算是接下来的所有事要自己独当一面也没什么可畏惧的。

没什么可畏惧的。

本来就是一场冷暖自知的游戏。

又何必奢侈到必须要有一个人陪着自己。

女生把袖子又一次卷上来。

看向了已经停止流血的针口。

细小的红印提示着它的存在。

眼泪一颗一颗地掉下来。

"妈妈，对不起。我没能帮助你。"陈锦念抓紧了椅子的边沿，狠狠地抓着，"我甚至要憎恶起流在我身体里的血液了，为什么它们要是那么古怪的AB型，为什么我们的血型不能配上?"这样的追问使得陈锦念觉得已经没有资格做妈妈的女儿了，在对方生命垂危的时候甚至比不过一个外人。

血缘的亲密在自己身上是如此的失败，如此的使人沮丧。

难道我真的还不如一个外人么——女生奇奇怪怪的想法——又或者，我本身就是一个外人。难过又一次排山倒海而来。

[十二]

之前几个小时的事:

黎朵朵跟吴建说: "那辆车我怎么越看越熟悉呢?"

谢沧澜说: "是你家的车?"

跟在最后面的人插嘴: "哪有那么巧啊。还是吃咱们的火锅去吧。"

"可是没看清车牌号。"黎朵朵笑笑转身往店里走，却还是忍不住朝吴建询问，"你看清楚了么?"

吴建眼睛尖，记忆力也好，就笑哈哈地说: "看清了。"

然后就跟数学课上背诵圆周率的小数点后的一百位一样流畅，吴建出色地将车牌号背了一遍。而马路边也再次响起了黎朵朵的惊呼："……啊！我爸的车！"

白茫茫一片的不远处。

人越聚越多。

[十三]

因为这场意外飞来的交通事故，谢沧澜也只有无可奈何的份。

把双手朝人摊开，除了看着其他几个人朝着即将到嘴的火锅望洋兴叹外，谢沧澜也没什么办法。吴建跟着黎朵朵跑过去却什么也没看到。

陆续到来的120以及交警已经把事故现场封锁。

得知黎朵朵的父亲没有大事之后提在嗓子眼的心总算掉下来，吴建安慰着黎朵朵说："这下好了，虚惊一场虚惊一场。"

"可是撞了人也不是小事啊。"其中绰号狗子的男生插嘴。

吴建站在一寸厚的白色雪地上，穿着一款今年冬天最流行的白色羽绒服，很干净，从敞开的领口翻出来的衬衫也是白色的，真的很干净。

他说："他爸是什么人，咱们市里的人，撞个人算什么啊。挨撞的那位，只能算他倒霉了。要不你还指望能怎么样啊。顶多赔偿他点钱就行了呗。"

"幸亏没出人命啊！"沧澜朝吴建解释着要离开的原因，"呐，这里我们也帮不上什么忙，还添乱，而且我还有狗子还有别的事，就先走了。"

"呐，注意安全。"

"拜拜。"

如果再早走一会儿，或者再晚走一会儿，又或者，选择乘坐电车，就算是步行的话，哪怕选择寻常时日里走过的那条路线也好。

都可以。

以上的任何一个条件得以成立的话，那么，谢沧澜和堂兴圣就都不会相遇。

就不会这么不巧地狭路相逢。

第 八 回 >>>>>>

[一]

少年紧了紧肩上的书包出现在巷口的时候，已经是下午三点钟了。

比起先前，雪下得小些了。风还没停。

那条叫做云集街的小巷跟以往没什么两样，头顶交错着各种电线，而两旁的杨树因为冬天而脱光了叶子显露出光秃秃的泥色骨架来。几只乌鸦停在树上面，第一次经过这里的人会因为视野里突然出现那么大且不吉祥的鸟而感到惊讶。

而云集街的人对此早已习以为常。

他们在有乌鸦停落的杨树下面俗气地生活着。

天很暗，叫做"小巷飘香"的小饭店开着黄色的灯光，有两三个民工模样的人在靠近门口的位置上喝着啤酒。

理发店很多，一字排开至少要有七八家吧。

两家门面狭小的美容店里，穿着粉色制服的女孩两眼无神地看着门外的大雪。

出租碟片的音像社门前贴满了各种各样的电影海报，还有一块小黑板上用很丑的粉笔字写着"《葡萄园的男子》、《纯情十九岁》……"一连串影片的名字。

路边有修理自行车的小铺子，做冰糖葫芦的年轻人，甚至还有烤肉串的新疆人。

这是一条热闹又世俗的小胡同。

如果不是下雪天，一定会比现在热闹些的吧。而不是眼下这样的人迹寥寥，抬头所看见的，是两旁鳞次栉比的高楼硬生生地把天给切割开来，所以能看见的仅仅是一条狭长的就像是走廊一样的天空。

狭长的像是走廊一样的天，以及脚下所踩着的只有三米宽的狭窄的路。

狭窄的路，只为了相逢么。

之前因为和电车司机的口角，差点挨了两记老拳。愤怒的司机最终没让堂兴圣如愿以偿在原地下车。停靠在站点后，堂兴圣瞄了一眼司机的模样后，返身下车。

"斜穿这条云集街再右转走十分钟就到了。"一个老爷爷告诉堂兴圣。

"谢谢。"

堂兴圣更早地看见了迎面走来的谢沧澜。

心一下被提了起来。

身旁排起长龙等待买豆浆的人七嘴八舌的议论声就跟潮水一样漫过来又退回去。堂兴圣掏出手机，翻开盖后，低头一边看手机一边往前走。

——伪装成像是发短信的样子。

也许仅仅隔着半米远的距离，三个人擦肩而过。

堂兴圣重重地舒了一口气之后，把手机放回口袋。

心跳声大得像是可以被世界听到一样。

"甩了一个大麻烦诶。"就算是捂住胸口，心里的话还是不自觉地被说出来。然后，忍不住地扭头去看一眼。

"堂兴圣?"一只手搭在了自己的肩上，"我们真是好巧?"
心再一次被提起来，从喉咙到心脏的这一段距离，都像是被紧紧地束缚住，喘不过气。转过身，看见的是——
谢沧澜以及站在旁边的虎背腰圆的同伴。
他们看着脸色发白的堂兴圣："你还真是很难碰到啊!"

[二]

男生解决问题的方式粗暴却也简单。
当谢沧澜一个拳头朝堂兴圣挥过来的时候，原先一直在路边溜冰球的小男孩受到了惊吓，哇啦一声哭了起来。
被谢沧澜突如其来的拳头击打得差点儿坐在地上的堂兴圣抬起头，和对方对视着。
风从头顶发出尖锐的声音，飞速掠过。
小孩子的哭声像是被风拉扯得很长很长，一直没有停止。
如果两人的目光是刀的话，也许彼此的身体都被洞穿不止一百次了吧。
不服软的堂兴圣既然避之不及，那也只有全力以赴去面对眼下的两个人了。

手机不合时宜地响起来。
堂兴圣低下头看了一眼，是陈锦念挂来的，于是嘴角浮起了微微的笑意。可就在他想把手机接起来的一瞬，站在对面的两个人一起扑了过来。
跌倒的同时，黑色的手机从手里甩出去，孤零零地落在雪地里。
醒目的黑与白。
寂寂地一次又一次响起音乐铃声。

于是《赤道和北极》就成了这场男生间战斗的音乐伴奏。孤零零地响着，从开始到最终。

[三]

不记得什么时候从哪里听来的话，处于危险状况的人想到的第一个求助对象往往是她生命里最重要的人。就好比，无论多大的人，在遭到突然的恐吓时会本能地喊"妈妈"。如果这个说法成立的话，那么——

把手机举起来，打开通讯录，翻到堂兴圣的号码。

犹豫了片刻，还是按了下去。

《赤道和北极》的铃声一直响到了尽头。

再拨。

再拨。

第三次重复到"你所拨打的电话无人接听"的时候，陈锦念关上了电话，把它放在口袋里等着萧尘明从输血室回来。

——"有困难时找我啊!"

——"呐，记得联络哦。"

不过是刚刚说过的话，甚至还带着温度。

可是又怎么样?

[四]

急救室里一片白光。

病床上的老人一动不动地平躺着。只有走到近处，才能通过扣在脸上的氧气罩察觉到老人微弱的呼吸。

门被拉开的一瞬，老人的眼睛睁开了。

努力扭过头看向门口。

什么都看不清。

模模糊糊地一团，像是千万条光线缠绕成一团。

堂兴圣的外公和一个脖子上挂着听诊器的医生站在门口。

外公一张嘴就带出了哭腔："求求你们，我给你们跪下了——"

"你别这样！"医生摘下眼镜揉了揉眼睛，"你多陪她一会儿吧。也就是这一两天的事了。像她这种情况，我们已经竭尽全力了。希望你能理解。"

床上的老人尽管身体上被无所不在地插满了各式各样的管子，但她还是努力地使自己在一堆仪器里发出声音："……是小堂么？"

外公几乎是跑过去的抓住老人的手："小堂马上就来看你了。你等一等哦。"

"……小堂啊，你不是想要一台山地车么，姥姥给你攒钱买哦。在我房间的抽屉里放着呢。你要记得去取哦。"

"小堂记得的——"外公流眼泪了，"你再坚持一会哦，他马上就到了。"

[五]

小孩子的哭声渐渐消失不见了。

眼角像是被打开了一道口子，不知道是眼泪还是鲜血，像是泉水一样汩汩地往外冒着。谢沧澜的声音很大，像是夏日里从天边传来的一阵接着一阵的响雷，沉闷地在堂兴圣的耳边炸开。躺在地上的堂兴圣只觉得四周都是一片黑漆漆的，没有一线光。

"你他妈的还挺难缠！"

一脚踢过来，踢在堂兴圣的太阳穴上。

疼痛感顺着太阳穴流向四肢。

递
+ Back to the light +
光
水格作品

疼得堂兴圣一下就睁开了眼睛。

叫狗子的同伴拉住谢沧澜说："行了，我们赶紧走吧。"

"你现在是陈锦念的男朋友吧？"谢沧澜的嘴巴歪了歪，坏坏的笑挤出来，"你看我是怎么泡你的女朋友的。"

"走了走了！"那人扯了谢沧澜一把，"你看他那样，一会来了人就走不成了。"

"你不要撇着一张嘴跟个孬种似的，我告诉你，是你的女朋友陈锦念叫我来教训你的，你知道不——"谢沧澜临走时还不忘补上一脚，"看见你这张脸我就讨厌，还当着那么多人跟人家要流氓，你的脸皮还真是厚啊！告诉你，谁想夺走我想占有的东西，那么他只有死路一条！"

仰面朝天倒在地上的堂兴圣看见雪花打着旋地从天上掉下来。

就像自己是那成千上万朵雪花中的一片。

天旋地转地往下落。

有一瞬间，大脑全部空白。

就像是跳楼的人在接近地面之前的短暂的思维停滞。

不知过了多久，意识渐渐清醒，疼痛感也逐渐强烈起来。而出现在头脑里姥姥的脸一下把所有的记忆全部召唤回来。

堂兴圣抹了一把脸上的血从地上跳起来。

抓起散落在地上的东西就疯了似的往前跑。

迎着风被呛出来的热泪瞬间冻结成冰。

而内心像是狼烟一片的战场。被千军万马所碾踏过之后满目荒凉。

"姥姥，请等等我——"

"请等等我——"

雪彻底停了下来。

冬天黄昏干冽的光线穿越厚厚的云层直射下来。

将世界的每个纤毫都染上了金边。

浑身是血的少年扯着书包推开急救室的两扇门。

视野之内只是并排放置的三张床。

空荡荡的三张床。

跟在后面的护士也跑进来："你干什么呀你！这是急救室，不能随便乱闯的。快点出去——"

转过身的堂兴圣吓到了护士。

一张脸上全是血的少年，白色羽绒服上沾满了泥巴。

"我姥姥呢？"

"你姥姥谁呀？"

跑过去抓住对方的身体摇晃起来："你快告诉我姥姥在哪？"

"小堂——"姥爷出现在了门口，"你来了啊。"

"姥姥怎么样了啊？她在哪？我去看她！"堂兴圣咧着嘴巴一副要哭的模样。

"你姥姥……"姥爷眼睛红红的，他看着站在面前高过自己一头的外孙子，有些疲倦地说，"你姥姥死了。"

姥爷说完了这句话，像是把他身体里所有的力气都花光了，整个人都小了一圈。

而眼下的这一切，姥爷说话的样子，黄昏的颜色，房间里的味道，浮动在空气里的尘埃……这个场景里所有的一切都超越了堂兴圣的想象。

他想象不到事情是这个样子的。

逆

+ Back to the light +

光

水格作品

甚至感到无法承受。

含在眼里的泪一涌而出。

[七]

手术结束已经是在十个小时以后了。往常这个时候，自己已经睡觉了吧。妈妈不是那种逼迫孩子学习到很晚的家长。一旦到了十点钟自己还不睡的话，妈妈就会喊自己赶紧上床睡觉，否则明天晚上又要偷懒不起床了。

可是现在呢，陈锦念却萎缩着身体站在走廊的椅子上，而一门之隔，妈妈却在和死亡努力地搏斗着。窗外一片漆黑，远处的灯光浮在黑暗里，就像是海面上的火光。

妈妈，你一定要努力活下来啊！

一定啊！

手术灯一灭，陈锦念就冲上去。

先从手术室里钻出来了主治医师。

"我妈妈怎么样了？"

"现在还处于昏迷中，不过已经没有生命危险了。"医生拦住了想往手术室里钻的陈锦念，"不过脑袋还是受到了很强的震荡，也许会有后遗症。所以，避免受到刺激，保持平稳情绪什么的，日常生活里都要注意的。"

"谢谢医生谢谢医生。"跟在后面的萧尘明扶住了陈锦念的肩膀，"锦念，现在没事了，没事了。"

"那，先让病人休息。明天早上再探视吧。"医生说完这句话转身又一次进了手术室。

走出医院的大门，陈锦念含在眼里的泪水流了出来。没有出息地蹲在地上哭了起来。萧尘明弯身问她怎么了。

她只是一叠声地说着："谢谢妈妈。"

[八]

——谢谢妈妈，你那么努力地活了过来。

——谢谢妈妈，没有丢下我。

——谢谢妈妈，这么多年，很多事情，我很任性，招惹你生气。

——谢谢妈妈，谢谢你，能被你抚育成人，这是我最大的幸福。

[九]

回到家里，仍然睡不着觉。

萧尘明倒在客厅的沙发上沉沉地睡过去了。陈锦念从卧室里拿出毯子来盖在萧尘明的身上。看着他熟睡的面孔，陈锦念再也没有半年多以前第一次看见萧尘明时那种脸红心跳的感觉了，这个心地善良性情温和的人，就像是自己的兄长。

如果说定义亲人的关系，血缘不是必要条件的话，那么陈锦念觉得这个人就该是自己的哥哥了吧。

关闭了灯。四下里一片黑暗。

还是睡不着。

因为明天一早就要去医院，也要带一些东西过去。何况最重要的还有钱，要交钱到医院，否则的话妈妈明天就要被医院"请"出来吧。妈妈的钱啊存折啊以及一些对她来说很重要的东西都被放在一个盒子里，一直被小心翼翼地保存着。陈锦念从来没有打开过那个盒子，认为那是大人需要保管的东西。

要不是出了这样的事，陈锦念不会觉得生活原来是这样的啊，就说妈妈吧，这么多年在一起，似乎彼此都是对方生命里的一部分，嵌在一起，分不开了。可是不是这样的，有一样叫做死亡的东西随时可以把妈妈掠夺走。

人是不知道什么时候就会死掉的啊。

从这个世界上一下就消失了。

再也看不见。

再也回不来。

陈锦念进了妈妈的房间。

从柜子里翻出那个盒子。然后打开来，里面有很多东西，为自己买的保险，三张存折，户口本以及收养证明以及监护人签字……

因为时间久远了吧，那张纸已经微微泛黄，甚至盖在证明右下角的红戳也已经印迹模糊，但上面的字迹还是清晰可以辨认的。

记得小时候问妈妈是从哪里来的，妈妈说是从垃圾桶里捡回来的。长大以后一直以为那是妈妈跟自己说的玩笑话。原来不是这样，原来妈妈并没有跟自己开玩笑，原来自己真的只是一个在路边捡来的孩子。

一个被抛弃的人。

说不出在那一刹那的心情。

又或者胸口被谁给撕裂了。

然后被塞进来一团棉花，堵塞在血管里，使得血液无法流通。

原来是这样的啊，原来自己身体里流淌着的血液不是妈妈给的，所以才不能在妈妈有生命危险的时候去帮她一把吧。

天一点一点亮起来。

陈锦念把腿蜷起来，这一天里她哭得太多了，这一刻几乎没有眼泪流出来了，但是胸腔里却蓄满了一池水，甚至溢了出来。

她觉得妈妈在黑暗的寂寂无光的宇宙里离自己越来越远了。

越来越远。

萧尘明从地板上捡起那张证明的时候，天已经彻底亮起来，而陈锦念已经趴在床沿上睡过去了。所以那些在早晨的第一缕光线中萧尘明对自己说过的话，她都没有听到。

——你不要悲伤啊，就算陈老师不是你的亲生妈妈，或者说你的亲生妈妈还在某个地方，可是，在你的心里，陈老师就是你现在的妈妈啊。

——这一张纸有那么重要么。这些纸上写的东西比不过这十七年的感情么。

——就算你知道了你们没有血缘关系，但是你们比亲母子还要亲呢。所以，不管怎么样，要谢谢妈妈，要一直陪在妈妈身边啊。

男生拉开了窗帘。

阳光哗啦一下涌到屋里来。

照耀着忧伤又茫然的少女的脸庞。

新的一天又开始了——

[十]

在医院挂电话给舅舅说姥姥死了。舅舅还在酒桌上，喝到语言混乱神志不清。旁边的人接过电话来说舅舅又喝高了。等他酒醒后再说吧。然后啪的一声把电话挂断了。

就像是头脑里的某一根神经被狠狠地捏断了。

堂兴圣抬起一张悲伤的脸，不知道要怎么跟外公说。

帮外公料理完医院的一些事之后，堂兴圣重新挎上了书包。两个人回到了原来姥姥住的那间病房，因为医院距离姥爷家很远的缘故，所以姥爷只能在这里待上一夜了。

"姥爷，你别太伤心了。舅舅就要来了呢。"撒谎的时候堂兴圣的心非但没有强烈地跳动反而无力地沉了下去，甚至掠过要是妈妈还活着一切就都不会是这个样子的古怪想法，"我明天一早就过来了哦。等着我哦。"

外公垂着头嗯嗯地应着。

逆
+ Back to the light +
光
水格作品

168

就像是一个小孩子。

"那我先回家了。我明天一早就过来哦。"堂兴圣又强调了一遍，然后转身踏出了门口。而眼泪这一次比决堤的潮水来得还要凶猛。

甚至蹲在地上哭了好久。

而来到电车站的时候，堂兴圣摸了摸口袋才突然想起来现在已经是身无分文的穷光蛋了。剩的十几块钱刚才在医院的食堂给姥爷打回了点饭菜时就已经被花得精光了。

虽然说身上也有电话，就算不愿求助家里人，也可以跟沈哲啊什么的挂个电话说我没钱了，被滞留在哪哪哪，你一定要来接我一下哦。

但这不是堂兴圣的性格。

何况在此时，他悲伤得也不想让谁来烦自己。

索性徒步往回走去。

停了几个小时的雪，这一刻又零星地落下来。

飘落在男生脸上的时候有小小的凉意。

中途把电话翻开，找到来电记录，看到了一排陈锦念的名字。

也是犹豫了一小会儿。

然后调整好呼吸，尽量使电话那端的人听不出自己情绪的悲伤来才拨通。

连续三次却被告知关机。

调整到短信息，打入了一行字"我姥姥今天去世了，我很难过。"男生拧着眉毛想了一下，又逐字删除重新打入了一行字："谢沧澜那个人不是好人，你以后跟他要保持距离。"这一次，男生几乎没有给自己琢磨的时间就删掉了。最后换上了一行字，"我下午有点急事，所以没接电话，抱歉。"然后重重地按下了发送键。

堂兴圣回到家已经是晚上十点半还多了。

摸出钥匙把门打开后，房间里一片漆黑。站在客厅中间的堂兴圣把书包扔在地上，想去厨房接一杯水喝，如果能找到点吃的是最好了。

整个人像是脱了水一样的没有一点气力。

而灯就是在这时被啪的一下点亮的。

"爸——"

"你才下的火车？"

"嗯。"

"你再说一遍。"

"我才下火车。"

一个耳光甩过来，力道太大，堂兴圣觉得脑袋轰一下，像是炸开了。

"我让你跟我撒谎！"穿着睡衣睡裤的男人一脸愤怒，"你同学沈哲跟我说你们中午就回来了。你还在这跟我脸不红不白地撒谎，我看你真是欠抽了。"

"……我去医院看我姥姥了。"

"你去看她？"男人举起手来，"你又去看那两个老不死的东西！"

堂兴圣架住即将劈下来的巴掌，眼泪一滴一滴地掉下来。

"……我姥姥她死了。"

[十一]

"我下午有点急事，所以没接电话，抱歉。"

开机之后的第一条短信涌了进来。陈锦念站在医院的走廊上把这条短信读完后，把手机调到了电话簿。然后移动到"小堂"的名字上。想了想，还是调整到修改一栏，把"小堂"改回"堂兴圣"，其实也仅仅是个名字的代称呢，却为什么在做这些的时候，还是会难过得想要掉眼泪。自己还真是一个容易伤感的女生。

从陈锦念的手机上，以后再也找不到"小堂"了。

而在操作这些的时候，谢沧澜的短信跟着也涌进来。

"堂兴圣也不过如此呀，太经不起砸巴了，也就几下子就倒地了。"

"请你以后不要再来烦我。"

回复完这条短信，陈锦念双手揉了揉脸，换上一副微笑的表情，推开门，朝着妈妈的病床走去。

[十二]

"嘀——"

手机显示对方回复了短信。点开后却是"请你以后不要再来烦我"这样冷冰冰的回应。

跟在旁边的狗子回头问白着一张脸的谢沧澜："你很冷么？"

"没。"

"那怎么了？"

"不管怎么样，我们该高兴起来。"狗子搓着手站在电车站的站牌下，"老花说介绍我们俩参加的那个乐队特棒。跟你说，咱们去上海参加'my秀'吧！"

谢沧澜歪了一下嘴巴："好啊。"

[十三]

谢沧澜蹲在地上抽烟。

"你虎啊！"狗子一脚把谢沧澜给踢翻。

坐在地上的谢沧澜往上翻着白眼："你说啥？"

"我说你虎说你是一个二百五！人家不过是骂你一句你就抽风。你欠抽是不？"狗子愤愤，甚至又想朝着谢沧澜一脚踢来。

从地上站起来的谢沧澜拍落了身上的灰尘，目光笃定地望过去："他骂了什么？"

"他不过是骂了你一句'你他妈没老子教育你吧!'对吧? 这有啥大不了的啊?"

"没什么大不了的,他骂我祖宗我都不跟他急,可是……"

"可是……你这一打,就把我们乐队的希望给打散了。还怎么去上海参加'my秀'啊?"这一次轮到狗子丧气地蹲在地上。

——刚才到老花那里去还吉他的时候,谢沧澜见老花正和人说着话。然后谢沧澜就跟狗子站在一边等着。可是老花就跟没看见进屋两个人似的,连眼都没抬一下,继续和那个留着爆炸式发型的女生说说笑笑的。

说的都是一些屁事。

谢沧澜终于忍不住跑上去提示老花他和狗子已经按预约的时间来了,却没想到刚一开口就招来了老花劈头盖脸的大骂。什么"难道你没长眼睛没看见我正在和人谈话你半路插进来……"之类的云云。

就是那会儿,之前谢沧澜对老花这个人的虔诚也好尊敬也好全都支离破碎地被瓦解掉了。

于是谢沧澜就一口顶了过去。

老花站起来一扬手说:"你他妈没老子教育你吧! 去回家叫你老子教育教育你!"

谢沧澜当时就跳了起来。

跟一头小兽似的,狗子在身后拉了一把,硬是没拉住,跳到老花跟前,谢沧澜就举起了手中的吉他。

伴着旁边女生的变了声的尖叫。

硬生生地把吉他砸在了老花的脑袋上。

鲜血当时就横冲直撞地流了出来,把老花的一张脸上了色,像是恐怖电影里突然出现的面目狰狞的怪物。

[十四]

"你真是虎啊!"

狗子是南方人,却说了一嘴的北方方言。这不伦不类的搭配让谢沧澜觉得就算狗子在骂人也像是演小品似的搞笑。忍了半天还是没忍住,扑哧一声笑出来。捂着嘴说了句就你这样的还要去参加my秀……因为笑得厉害,后面的话几乎听不清。狗子扶正谢沧澜的肩说你别笑了。可是谢沧澜却停不下来,一直笑。

像是被压抑了许久,笑声凝固成一把利刃破膛而出,疼痛在瞬间贯满全身,让谢沧澜几乎动弹不得。

剧烈地笑使双眼呛满了泪水。

狗子摇晃着谢沧澜的肩:"兄弟,你咋了?"

谢沧澜还在笑,但声音变小了,也变调了。

就像是缺了一根弦的小提琴,拉起来虽然还是首曲子,可是总有忧伤涌上来,渐渐弥漫了整个夜晚。

眼泪一滴一滴地砸下来。

其实,哭和笑也是两种声音的区分。

狗子扳住谢沧澜的肩:"你咋哭了?"

"我没有爸爸,我一出生我爸爸就离开我和妈妈了……"

谢沧澜觉得这么多年的委屈再不说出来的话就要崩溃了。以往的所有的凌厉和桀骜全都消失不见,谢沧澜像是突然变成了小孩子,一个拥有着一张透明而柔软的脸庞的小孩子,脆弱得经不起一点风尘的洗礼。

就算是难过的时候,也发不出真正的哀号,而是默然地盯着微微发白的天空,眼泪大颗大颗地落下来。

一个个夜晚被风吹亮了。

白色的云朵再次生长出来。

温暖的阳光穿越了不知道多少个光年的距离照耀着你的脸。

[十五]

砸在老花头上的那把吉他彻底报废了。

之前谢沧澜还想修好然后再还给人家，在家里七翻八翻找零件，最后还是弄不好，这让谢沧澜很失望。臭着一张脸坐在地上抽烟。

"要不扔掉算了。"谢沧澜说。

狗子不忍心，就动手自己去收拾，一边收拾一边说就算修不好还可以留着自己玩，扔掉了多可惜。

狗子撅着屁股拉开谢沧澜的抽屉翻个没完。

"你找什么啊？"

"我想找根绣花针。"

"你修吉他要什么绣花针啊？"

"你又不懂，快点帮我找找！"

"我这里怎么可能有绣花针？"谢沧澜把烟掐灭，"呐，你等着，我去客厅翻翻看啊。"

撅着屁股翻了三个抽屉都没翻到绣花针。

"谢沧澜——"妈妈的声音，"你瞎捅咕些什么？"

谢沧澜扭过头看了眼站在身后的妈妈："我找点东西。"

"你不要乱翻了！"口气有点严厉，"你要找什么东西告诉我，我帮你找。"

谢沧澜注意到妈妈的神情有点紧张。谢沧澜直起身来，往后退了一步，顺着妈妈的目光看过去，谢沧澜看到了在自己的脚下，有一张黑白照片。有点惊讶地弯下腰捡起来朝妈妈扬了扬："妈，这叔叔是谁啊？长得还挺有型的诶。"

"他哦？"妈妈顿了顿，"他是你爸爸。"

在我肩上有着翅膀，拥抱着你连天空也能翱翔。

时间像是突然停住。

白寥寥的冬日阳光穿过窗户打在谢沧澜的脸上。

视线再一次落在照片上男人的脸上。

"呐，妈，你还挺有眼光。"谢沧澜恢复了平日里的顽皮，"他挺帅的！不过跟我比，好像差了那么一点点诶。"

然后把照片还给站在身旁目瞪口呆的妈妈。

其实即使妈妈不说，谢沧澜也能猜测得出一个大概。

男人的眉眼和自己确实是有几分相像的，毕竟是自己的爸爸诶。这么多年，关于爸爸的事，谢沧澜多少也知道了一些。在他刚满一岁的时候，爸爸突然离家出走了。他失踪之前没有任何的征兆，早上提着包出去的时候他还说呢，说晚上回来的时候要给谢沧澜带回一个变形金刚来，结果，那一走，就是十五年。整整十五年。像是一滴水消失在大海里，再寻不见。

是从什么时候恨自己的爸爸呢？

从很小时间起爸爸去哪里后妈妈冰冷的脸色，从看见别人的爸爸牵着儿子的手去上学，从老师冲自己怒吼着"去把你爸给我找来"，从妈妈一个人扛煤气罐……就是从这些时候，恨意渐渐壮大，最终集中指向了某一个男人。

像是一束激光，耀眼而有力。

印象模糊的男人，不大清楚的面容，有扎人的胡子，年轻的时候，爱穿笔挺的中山装。

如果哪天见了他，冲上去杀了他也说不定。

小学一年级的时候，谢沧澜因为一块橡皮和班里的一个小女生吵嘴。而在小女生一句"你是没有爸爸的野种"之后，情势出现了不可逆转的变化，小男孩由满脸涨红到面色发白，握紧的拳头由下至上猛翻上去，打在了小女生的下巴上。

不可避免地被找来双方家长，谢沧澜一副小男孩的倔强，不肯低头认错，而在妈妈弯身低头给小女生的爸爸道歉时，谢沧澜明亮的眼睛突然暗下来，甚至咧着嘴巴冲动地想哭出来。

跟在妈妈身后的小男孩。

不甘心地掉着眼泪，拿袖子擦干了眼泪，再扯扯妈妈的衣角，委屈地询问，为什么要跟她说对不起，明明是她不对。为什么?

因为当事人一直拒不道歉并表示出强烈的敌对情绪，以至于小女生找来了高谢沧澜一个头的三年级的表哥。

挎着书包贴着墙壁走路的谢沧澜因为低着头甚至没看见迎面走来的一小群人，听到"哥，就是他!"的声音后才抬起头，然后就看见小女生怒气冲天地指着自己。

谢沧澜在胡同里被五个男孩给围起来，其中一个年纪大一点的拿拳头顶着谢沧澜的胸脯，以年龄和力量的优势作为威慑力量要求谢沧澜向小女生道歉。

"我不道歉!"

"道歉也没有用!"小女生叫嚷着，"就是要给他点颜色看看!"

谢沧澜把头一扭，任凭男生们簇拥着上来，七嘴八舌地说着"你爸呢，你爸是不是死了!""就说你是野种了，你能把我怎么样?"之类的挑衅语言。

谢沧澜低声回应着："我没有爸我生下来就是没有爸的!"

他们哈哈哈地笑起来，声音刺耳，惊动了停在电线上的鸟，腾的一声，扑扇着翅膀往远处飞去。男生们一起嘲笑着谢沧澜私生子的身份。

"那你就是承认自己是杂种了!"

气不过的谢沧澜和对方争执起来，说不上血气方刚，只是小孩子不服输的犟劲上来就刹不住，尽管从一开始就知道，这不过是一场鸡蛋和石头的辩论，输的一方注定是鸡蛋。毕竟对方人数上占据着优势。谢沧澜被揍得鼻青脸肿。

可是，他不哭。

不哭的谢沧澜使对方很愤怒。他瞪着眼睛看着对方，即使是满脸是血，像个怪物一样把街道上来来往往的人吓了一大跳，谢沧澜还是不哭，他就那样麻木不仁地站着，把揍他的那些人的脸一个一个全记在脑子里。

"看什么看？"男生一把将谢沧澜推倒在地，"想报复是不是？"

"是。"谢沧澜坚定地说。

"还想报复？"

谢沧澜的身体迎来了又一轮的攻击。那个时候，吴建跟谢沧澜关系好到要穿一条裤子。就是那天，当谢沧澜彻底放弃反击的念头时，吴建像头小豹子一样冲进胡同，大呼小叫着："谢沧澜，你没事吧？"

力量重新注入了身体。

谢沧澜摇晃着从地上站起来时吓了一跳。吴建手里拿着一把小刀，这不紧要，紧要的是，他把刀架到了小女生的脖子上。

"你们要是还不走，我就抹了她的脖子！"

"你没事吧！"吴建从口袋里掏出手帕，"洗完脸用这个擦擦。"

谢沧澜趴在水龙头下面不想起来，因为他缩着头趴在那儿哭了。谢沧澜很少哭，就算是打架打得头破血流他也不哭，可是不知怎么弄的，刚才鼻子一酸，眼泪就从眼睛里流出来了。

装做什么事也没发生回到家。

妈妈正在埋着头洗衣服，双手泡在一堆泡沫里。

"妈，我帮你吧。"放下书包后，谢沧澜自告奋勇地说。

"妈妈不累。"妈妈抬起头顺了下头发说，"……你去写作业吧。"

"妈……"

"沧澜，你有事？"

"妈，以后我一定赚很多很多钱，不要你在冬天里还要给我洗衣服了，我给你买一个大大的洗衣机，你可以把衣服往里一扔就不管了。吴建的妈妈就是那样给他洗衣服的。省得你把两只手都给冻坏了。"

"那沧澜要好好学习呢！"妈妈把满是泡沫的手伸过来，在谢沧澜的脸上掐了一把，"那样妈妈将来就可以有大房子，有大洗衣机了！"

"妈……"

"怎么了?"望着欲言又止的谢沧澜,妈妈把手上的泡沫甩干净,"你身体不舒服么?"

"妈,要是有爸爸的话,你是不是就不会这么辛苦?"

妈妈把刚刚从水里捞出来的衣服狠狠扔掉,站起身来,钻进厨房,拿菜刀一顿叮叮当当地乱切,可是那么嘈杂的声音里,谢沧澜还是听到了妈妈低低的呜咽。

像是低低地哭泣被风撕扯着卷过千万里的地面,最后掉进了深不见光的谷底。

只是。

只是,最后,她还是要出来,红着眼睛和谢沧澜一起到院子里,当着外人的面,卖力地和儿子一起扭着一件棉袄,就算是使出了吃奶的劲,也不能把水全部沥尽。而所有路过的男人都乐意伸手帮忙,却在一边拧湿衣服的时候一边贼眉鼠眼地四处乱看。谢沧澜知道他们在想什么,是怕各自的老婆跳出来叫骂,或者是回到家里挨自己的老婆提耳朵。

就是那时,谢沧澜开始仇恨那个自己要叫"爸爸"的人。

[十六]

黎朵朵眯着眼睛站在谢沧澜的面前。

"你……怎么是你啊?"

换好了便服,和狗子结束了一天工作的谢沧澜在一出门口就撞见了黎朵朵。

"我找你有点事。"

"找我?"

"嗯。"黎朵朵点了下头,同时大方甚至近乎奢侈地从兜里掏出五千块钱,"呐,这个给你。"

谢沧澜的眉毛弯下来:"哇!好多钱啊——"

"知道你最近缺钱。"

"是啊是啊！为了赔偿人家那把电吉他，我他妈的不得不和狗子在这给人家当临时工。"谢沧澜想要伸手去接钱，"你是怎么知道我手头紧的啊？"

黎朵朵笑了笑："我神通广大着呢。"

站在旁边的狗子赔着笑："可是这么多钱，你是从哪来的啊？"

黎朵朵转向狗子："你是真没见过钱还是假没见过钱。这点钱还算钱么？我爸上些日子撞坏那大学老师，一赔就是四十万。不过那点钱对我爸来说也就是杯水车薪吧。"

"那我也不能白拿你的钱啊！"谢沧澜把伸出去的手又缩回来，"对你不是什么大钱，对我来说，这钱还真是天文数字呢。"

"这钱你也不白拿。"

"那你想让我做点什么呢？"

黎朵朵笑了笑，然后就像是谈一笔生意一样轻松地说出了那句不要脸的话："我要你做我的男朋友。"

[十七]

吴建挂电话给谢沧澜的时候，语气里有颓废且奇怪的味道。话题先从打篮球开始，吴建问谢沧澜为什么好久都不约他出去玩篮球了。谢沧澜有点臭屁地说自己在玩乐队，不仅如此，谢沧澜还故弄玄虚地说他们乐队在城北一片名气非凡。然而事实上，这些都是没有影子的事。等谢沧澜终于说完了，吴建说谢沧澜，你不是在玩乐队，而是在玩女人吧，而且是玩我吴建的女人。

"吴建，你听我解释……"

"你解释个屁！"即使愤怒，吴建也保持着一贯的镇定，"谢沧澜，我们走着瞧吧。"

"吴建……"

电话已经挂断了。

谢沧澜举着电话的手半天没有放下来。

来路不同的两条直线，无限延长，相遇，交叉而过，时光不会回头，所以回到过去永远是虚妄的谎言。从此以后，奔着不同的方向，义无反顾得连回头的机会都不会再有。谢沧澜是如此的明了自己此刻的处境。

再也回不去了。

[十八]

长大是一个漫长的过程吧。

又或者，死亡是一个很遥远的事吧。

有时候甚至会天经地义地觉得自己永远也长不大，永远要偎依在妈妈的身边；同样的，自己以及自己身边那些爱着的人也会永远地活下去，长生不老。

可是，这一切，在妈妈被汽车撞倒的那一天，全部被粉碎了。

陈锦念像是从童话的美好里一步跨到现实的残酷中。

就算来不及也不行。

[十九]

"去开下门！"坐在沙发上看足球比赛的爸爸冲刚从卫生间里洗头出来的堂兴圣喊，"不会又是你姥姥那边的人吧。人都葬了，再来找我麻烦我可不客气了。要是老被他们这么缠着，这年可没法过了。"

"要是舅舅还开门么？"

"开！"爸爸把遥控器一扔，"我还怕他这个兔崽子不成？"

从猫眼里往外看，一张大脸笑嘻嘻地凑过来。

站在门外的沈哲对于这么久才出来应门的堂兴圣显然颇为不满："难道你在下崽？这么久……"

"你怎么来了？"

"还有我呢！"从沈哲后面又冒出来秦斯，"沈哲说要给你一个惊喜！"

沈哲注意到堂兴圣还在往他们身后看着。

"看什么看啦！"沈哲跺了跺脚说，"就我们两个人了。至于你想见的那位陈锦念大小姐，要你亲自出马才可以请得动的诶。"

"然后我们四个人一起去滑旱冰吧！"秦斯补充道。

本来想说的是"不知怎么搞的，陈锦念也不接我的电话呢。你们知不知道她最近到底怎么了啊。就跟从人间蒸发了一样"。而话到嘴边又咽了回去，死要面子的堂兴圣只是面无表情地说，"对不起，我没时间去滑旱冰，你们找其他人吧。"然后身子一撤，就把门带上了。可是沈哲一点也不心甘情愿，守在门口大喊大叫。什么堂兴圣你想干什么，这么冷的天让我们进屋坐一会都不行，你真冷血之类的。

跟一个五六岁的耍脾气的小孩子没有什么区别。

把电视机的声音调低了些，转过头去看了眼站在客厅中央发呆的堂兴圣："门外是谁啊？"

"我的同学。"

"那怎么不让人家进来呢？"

"我现在不想跟他们在一起。"

爸爸笑了一下站起身来。

其实有一些瞬间，堂兴圣觉得爸爸是离自己很近很近的，就好比现在他走来把手放在自己的头顶揉了揉说："臭小子，那也要跟人家讲清楚呀！"

门再一次被拉开。

一张英俊又帅气的男人的脸出现在沈哲的面前："你们这么大声喊是要吵到邻居的。"

"你是？"

"我是堂兴圣的爸爸。"

"堂兴圣怎么了？"

"他哦……"尽管十分不乐意牵扯到堂兴圣的外婆，但无奈这也是事实，男人皱了皱眉毛，"堂兴圣他姥姥去世了，所以他心情不是很好吧。所以，你们以后再来找他吧。"

[二十]

其实从外婆的葬礼以后，堂兴圣一直谋划的事就是报仇。

像是巨大的阴影覆盖了自己。无论多么快地奔跑，都难以逾越那片像是长了翅膀一样始终浮游在自己头顶的黑色云朵。

每天兜里揣着两枚硬币去坐236路电车。甚至买了录音笔。而一个月之后，当堂兴圣终于在电脑上把花费一个月时间所录下来的音频资料和偷拍的图片资料刻成一张盘后寄往市交通局后，他疲倦地倒在沙发上睡着了。

录下那个司机满嘴的污言秽语以及开车时打手机的照片。而这些都足以使其失去电车司机的这份工作吧。

比起最先在心底涌起的那些在月黑风高的夜晚拿块板砖削他一顿的粗暴念头要来得实际和深刻得多。

而继母歇斯底里的尖锐叫声像是把下午的脆弱的光线都给折断了。堂兴圣恐惧地缩紧了身子，他还以为这是在穿越梦境中的黑暗之地。

可是诅咒的声音越来越大。

他睁开了眼睛。

"你猪啊！"继母拧住自己的一只耳朵，"你爸叫警察给抓走了！"

[二十一]

其实有时候会觉得有点不好意思呢。

长到十八岁了，站起来的时候要比妈妈高出一头多。还是两个人生活在一起，睡在一张床上。谢沧澜跟妈妈拧完湿衣服回来坐在沙发上看电视。房子外面不远处就是火车道，隔几分钟就会有列车轰隆轰隆地开过来又开过去的。不过谢沧澜已经习惯了在列车的节奏中看电视、看书以及睡觉。

"妈，我想要一张小床。"

轰隆轰隆地开过去一列火车。

注意力集中在本地新闻上的妈妈没听清谢沧澜的话："你说什么？"

"算了。"谢沧澜从沙发上站起来去上厕所，"等于我什么也没说。"

等谢沧澜从厕所回来，发现妈妈的肩在耸动。

"妈——"顿了顿，"我还是想要一张自己的小床。狗子都笑话我啦。"

"整整十七年啊！"妈妈弓下去的肩线彻底塌陷，带着哭腔的话跌跌撞撞地来到谢沧澜的耳边，"我甚至以为他死了呢。可是……"

本地新闻仍在继续："目前该名男子已被警方拘捕。有关事情的进一步调查，我们将继续跟踪报道。"

如果那种情绪叫做绝望的话——

那么从身体的深处浮上来，像是一束光影，冰冷的紫色，在赤裸而刺目的阳光下，渐渐固化成一把匕首，在喉咙处破裂而出。谢沧澜甚至下意识地抬起左手遮挡热烈的阳光，右手掐住了自己的脖子，防止鲜血流出来。

而事实上，窗外阿婆喊疯儿子吃晚饭的声音提示着又一个夜晚到来了。

十八年。

也是六千五百七十个夜晚。

无一例外地逐个到来。

第一天开学堂兴圣和陈锦念谁都没有主动跟对方说话。而教室里的议论就算陈锦念是个聋子也听得到吧。关于堂兴圣父亲醉酒之后打伤三个年轻人而后又被警察拘捕的消息在全班传开了，就像是一把刀子，一旦扯开了一道口子，就再也不能阻止传言的蔓延。好在沈哲一如既往地站在了堂兴圣的身边。

但男生看起来，似乎也根本不在乎别人在背后的议论。

只是安分守己地在座位上看着书，听课的时候会支着下巴眯起眼睛来，偶尔看看窗外操场上被阳光融化开来的积了一冬的白雪。

天气逐渐回暖。

正午的时候暖洋洋的甚至让人错觉是夏天。悬挂在高空中的太阳努力地融化着料峭的春寒，甚至有要把所有的东西都融化开来的迹象。

如果能的话，那么……陈锦念悄悄地回头望过去，趴在书桌上午睡的堂兴圣，长长的手臂甚至伸到书桌外面去而戳到前座的背上，那么就把他也融化了吧。

"我是跟你来道歉的。"谢沧澜出现在学校门口，"真的，诶，你别不理我啊，我真是来跟你道歉的。"

"你烦不烦啊。"陈锦念一生气就带出了哭腔。

"你别这样啊，难道你知道我另有新欢了？"谢沧澜递过来一个毛茸茸的笑。而从身后拿过来的玩具熊是真正让陈锦念小小地开心了一下。

毕竟是女生诶。有小小的虚荣。

"什么？"

"我跟你说你别介意啊！"谢沧澜吐了下舌头，"你们班的黎朵朵跑来跟我表白说她喜欢我。其实我顶看不上她这种女生，不过看在她有钱的份上，我骗她几个钱再说，我跟她就是玩玩，你千万不要因为她不理我哦。"

"黎朵朵?"陈锦念把小熊扔在了谢沧澜的脸上，"你去死吧!"

"你别这样啊! 我真的就是玩玩的。你不高兴我现在就去踹了她还不行么?"

"你知道什么啊?"眼泪涌上来，"黎朵朵他爸开车把我妈给撞坏了!"

谢沧澜想了想说:"那正好啊。"

"好什么?"

"你是不是很讨厌黎朵朵?"

"我恨不得……她立即在这个世界上消失。"其实想说"死"这样恶毒的字眼，却还是换了一种委婉的说法。

谢沧澜很是通情达理:"我帮你出这口恶气。"

很久很久以后，陈锦念想想，其实之所以愿意跟谢沧澜在一起，多半是因为这个人的身上有些江湖义气的东西在吸引着她吧，平时虽然讨厌得要命，却总是在自己低谷的时候及时出现，还能为自己打抱不平。

"会打架"跟"很帅"，还有就是"很喜欢自己"，这些元素够不够谢沧澜成为自己的男朋友? 呐，够不够呢。

虽然内心里更喜欢堂兴圣那样的男生，却老是觉得自己跟他有一段不远也不近的距离，横亘在中间，没有办法并肩走在一起。

就是这样的辗转、挣扎。

真实而突兀地等待着十七岁的陈锦念去做出抉择。

[二十三]

夕阳一跳一跳地往下沉着。

谢沧澜拉着陈锦念踩着两根笔直的铁轨牵着手走着。

"你从小就是在铁路边长大的孩子呀!"陈锦念笑笑，"我记得我妈说过，铁路边长大的孩子脚都很臭的。"

"你妈真神。"

"谢沧澜——"陈锦念拉长了声调，"那你这么多年就没想过你爸么？"

"想过啊。"

"你呢？"

"还行吧。不过有我妈我就觉得足够了。"陈锦念说，"女儿跟妈是心连着心的，就算是现在我知道我并不是我妈生的，可是那又怎么样呢。"

"就是！我那个爸爸把我生下来，又把我和妈都抛弃了，这么多年，如果叫我见到他的话，我一定不会饶了他！他生下我，也许只是图一时的快活也说不定。"谢沧澜像个小孩子帮着腔，然后又跟陈锦念比起来，"我跟我妈也很亲呢，我到现在还跟我妈睡在一张床上。"

"哈哈哈——"

"你笑什么？"

"你真不害臊啊。"

扯在一起的手松开来。

"诶，说点正经的。"谢沧澜又伸过胳膊去够女生的手。

"什么啊？"

"你真的一点也不喜欢我啊……"

夕阳再一跳，就整个被黑夜吞没了。

——你真的一点也不喜欢我啊？

——真的么？

逆

+ Back to the light +

光

水格作品

第 九 回 >>>>>>

[一]

传说中世界的尽头。

在梦里跋涉的距离甚至要用上光年这样的距离单位吧。一直走、一直走，不吃也不喝，整个人像是上了发条一样在空荡荡的天地之间行走。

而到底是从什么时候跨越了现实与梦想之间的樊篱呢。

最后抵达的地方使堂兴圣惊讶得说不出话。从未见过的景象，恢弘壮阔到堂兴圣无法用语言去描述。

四下里全是海水。

灰突突的天以及蓝到有些发黑的海水。

为什么不是蔚蓝色的？为什么不见阳光穿越云层照耀着海面？为什么没有海鸥在离海水不远的天空上盘旋？

水滴被不断地向上抛去。

低低的云层上积聚了厚厚的水汽。

站在礁石上的堂兴圣举目四望，除了水还是水，再无前路可走，咸咸的海风猛烈地吹得人睁不开眼。望着让人充满敬畏的汪洋，堂兴圣终于泪流满面。

呐，这是你一直不敢梦见的地方么？

[二]

236路电车果真在一个礼拜后换了司机。堂兴圣回到学校后甚至有些得意地吹起了口哨。而身后那些像是蜘蛛丝一样粘在脊后的目光实在叫男生厌恶，更有甚者明目张胆地看过来，一脸"那个父亲被拘捕的男生就是他吧"的指认表情。

却也不会刻意摆出反对或者对峙的姿态来，只是依旧我行我素。

因为期末考试成绩的下滑以及家里的突发事件，堂兴圣在课间被老阎叫去了办公室。

所有人中，像是只有沈哲一如既往保持着以往对待自己的态度。而其他所有的人，都换上了一副嫌弃又或者同情、怜悯的可恶嘴脸。

老阎也不例外。

之前一贯的严厉消失不见，而是小心翼翼地选择着词句。

"……你这次学习成绩有些下滑，是不是家里有什么事叫你分心呢？"老阎的笑叫堂兴圣十分不习惯，所以还没等老阎再说下去，堂兴圣就咧开嘴巴笑了起来。

"你说我爸被拘捕的事么？"

"我也只是听到同学们传的。"老阎喝了一口茶水，"真的有这一回事？"

"谁传的？"

"也是班干部为你着想才会跟我讲的，你不要误会人家的好意。"

"……哦……"与语气的截然相反的怒气还挂在脸上。

"你不要有太大心理压力啊。还是要把主要的精力花在学习上的。如果有什么问题你就找老师来帮忙。"老阎看着有点漫不经心的堂兴圣，"总之千万不要跟自己过不去，遇到什么过不去的坎时就找老师。"

"我爸他是个坏人。"

"……哦……那是?"就算是老师，也有着寻常人的猎奇心理吧。堂兴圣觉得老阎有点像是专门挖明星花边新闻的小报记者。

"我爸他生活作风很乱的。"看着老阎的怪怪的表情，成就感溢满了男生的胸腔，"……我知道他在外面有很多女人的。所以他惹了事被警察抓起来，我一点也不稀奇的。"

"那你跟你爸关系怎么样呢?"越来越像小报记者的口吻了。

"一般吧。"怕老阎不明白又补了一句，"无所谓喜欢也无所谓讨厌，他那样也是他喜欢的生活方式嘛。只是——"

"哦?"

"有时候他真的很让我生气啊!"

老阎站起来，用力地在堂兴圣肩膀上拍了拍："没跟你爸爸学坏，真是难为你了。"

"我哪像他那么笨啊，打完人还傻乎乎地跟那不走，人家警察不抓他抓谁啊——"在老阎的脸变黑之前，堂兴圣又补充了一句，"他真的挺笨的!"

铃声响过三遍之后，老阎挥了挥手："那你先回去上课吧。"

授课的声音从各个教室传出来，灌满了空无一人的走廊。

从教师办公室出来的堂兴圣，像是耗尽了全身气力，站在楼梯的拐角处一手扶住墙壁，两行眼泪流了出来。

抬起手臂胡乱擦了一把。

微微弓起的肩线也只是在几秒钟就恢复了它寻常的姿态。

噔噔噔地往楼上跑去。

[三]

课间休息的时候，陈锦念像是往常一样端着水杯到教室讲台前的饮水机那接水，回来的时候却停在了堂兴圣的面前。

从开学以来两个人的第一次对话。

"你……没事吧？"

"唔。"胡乱地应了一句后才抬眼正视眼前的女生，大约有一个多月没见了吧，虽然不像是男生们一样身高跟拔节似的变高，但也似乎瘦削了不少。这么近地站在一起甚至给堂兴圣带来了小小的压迫感。

"我听说了……"

"什么？"

"你的姥姥去世了，所以……"

"唔，已经过去了。"

"所以请你不要太伤心。"

"谢谢。"

如果对话停止到这里或许双方都会很愉快地接受这次缓和矛盾的交流吧。虽然到现在，从各自的角度出发，都不明白自己到底做错了什么。彼此都会委屈地觉得对方是个性情古怪的家伙吧。

也都一度想冲破隔阂。

可……

女生把水杯从左手换到右手。然后还是让男生极其失望地问出那句话来："是真的么？"

"你说什么？"男生瞥见沈哲在教室门口朝这边笑嘻嘻地看，把两手放在耳边做蝴蝶摆翅状，往常也许会微微一笑的吧。可是突然明白过来的此刻，愤怒不可遏止地涌过来。

"你爸爸的事……"

近乎厌恶地打断了对方的话："这关你的事么？"冷冷的神色从堂兴圣

脸上扫过，"我并不是需要别人来同情的杀人凶犯的儿子——"意识到情绪有点失控，男生从椅子上站起来，头也不回地走出教室。

陈锦念怔了怔，跟着内心涌起一阵失望："他这人怎么这样啊！果真是不可理喻。"

[四]

会厌恶他乱搞男女关系。

会厌恶他极端自私的处世原则。

甚至会在跟他吵架的时候想一刀子捅了他。

就是这样一个让堂兴圣愤怒的人，却不容许别人对他哪怕一点点的猜忌。

而这个人就是自己的父亲。

就算是一个杀人凶手又怎么样？他还是自己的父亲吧。

[五]

事情本来的面目是什么样子的。

继母嫌弃地拒绝去警局探望父亲。

"做了那样丢人的事，我可没脸去探视。"

"但送些衣物和水果总是必需的吧。"

"我又不是他的儿子。"

"但你也是他的家人啊。"

继母把喊着要爸爸的妹妹搂过去尖着声音说："他是一个坏蛋你还要他干什么。"

堂兴圣说："你不能这么跟妹妹说。"

"你行了!"继母的声音更尖了,"这么多年,我受够了他,受够了这样的生活,让你们统统去死吧!"

像是有针挑在太阳穴上,疼痛一下一下地持续着。

无奈之下,堂兴圣从家里挑拣了几件干净厚实的衣服放进袋子里又在楼下买了他最爱吃的苹果,一个人去了警察局。

花了一个小时的时间,换乘了三次电车,在走到警察局的门前时,却有点犹豫了。不过终究还是把门推开,迈了进去。

接待堂兴圣的中年人,看着套在松松垮垮学生服里的堂兴圣,禁不住皱起了眉毛。

"你是青耳中学的?"

"是。"

"我家小孩也在那读书呢。"想了想,"叫吴建,不知道你认识不认识。学习成绩很好呢。"

突然明白过来什么。

那些散落在学校里的飞短流长。以及吴建看向自己时怪异的眼神。也许对于他来说,没把他的父亲负责审讯堂伟的事捅出来已算对自己手下留情了吧。

又或者已经说出去了,而自己尚不知情。

深刻的耻辱。

像是一根巨大的钉子深深地钉穿了堂兴圣的身体。

堂兴圣笑了一下:"我什么时候能见到我爸。"

"按照规定你是不能见的。"中年人笑了一下,"不过,看在你和吴建是同学的份上就……"

"呐,谢谢。"

不是透亮的阳光,是翻滚的黑云。

爸爸带着手铐出现在堂兴圣面前时没有任何表情,只是淡淡的一句:"你怎么来了?"

"唔。"

一贯情感交流的缺失让两个人都有些窘迫。

不知道说什么好。

堂兴圣把衣服和苹果拿出来递给父亲："喏，这个给你。"

"谢谢。"然后他突然意识到什么似的，嘴角被微微牵起，"你是逃学来的吧？"

"嗯。"

"你妈怎么不来？"

"唔，她觉得这么见你很丢面子吧。"

"虚荣的女人。"爸爸伸了伸手脚，"不过这下子我是不是成名人了？"

"你好好的吧。"堂兴圣有些责怪的口气，"都多大的人了，还老闯祸，叫我放不下心来。要是以后你还这样，我就学她那样，再也不管你了。"

"哈，你还教训起你老子来了。"

"呐，我还要去学校。过两天我再来看你。"堂兴圣起身，又看了看几天没刮胡子的爸爸，"下次我把剃须刀也给你带来吧。哦，我差点忘了说了，你打的那三个人，有两个都出院了，好像没什么大事，就算判刑也不会有多么严重吧。"

"我知道。"

[六]

不管怎样，总之要先道歉的吧。

毕竟她和其他人不一样，是出于对自己的关心，所以才会有跟别人一样的疑问。更何况，她跟那些在背后窃窃私语的人有着完全不一样的性质。

这些都足够说明陈锦念的内心是光明坦荡的吧。

冷静之后的逻辑推理使得堂兴圣的后悔像是潮水，一波一波袭来，甚至路上就一度掏出手机想要拨过去。

而这个时候，恐怕她正在上课吧。

于是就发了一条短信过去。

过了好久，都没有回应。这才鼓起勇气拨通了电话。得到了结论是对方这个号码已停用。堂兴圣把目光看向窗外。

整个城市温柔地陷入在懒洋洋的春光里。

想的和做的永远是两码事。

上课。下课。体活。陈锦念永远生活在一堆人中间，不给自己任何单独与之对话的机会。只能耗到放学。

而放学时跟在陈锦念身后的堂兴圣在看到站在门口的黑衣少年后立时像是一只泄了气的皮球。

陈锦念像是还没有发现谢沧澜，于是掏出手机拨通。

校门外的谢沧澜果然接起电话，然后朝着汹涌的人潮里招着手，喊着类似"我都看到你了，你就一直往前走就是了。"或者"我穿黑色的衣服站在校门的左侧，你看见了么。"之类的话来。

终于发现目标的陈锦念一脸欢笑朝着谢沧澜跑过去。

应该是事先就约好了的吧。

原来是这样的啊。

而两种情绪浮上来，对陈锦念的失望也好，嫉妒也好，愤怒也好，不甘也好，所有的所有都比不过对谢沧澜的仇恨。

从海洋深处涌上来的，能掀起一场风暴甚至是海啸的旋涡。

压倒一切的情感。

重新把堂兴圣的复仇计划提上日程。

那么，道歉也许并不是一件必须的事吧。

甚至不需要。

母亲的病情日渐稳定下来。

却不得不坐到轮椅上，而医生也再三嘱咐一定不要刺激到她，严重的情况下可能会造成猝死的后果。

尽管听到医生的"危言耸听"时，陈锦念全身的寒毛几乎全部倒立起来，但这也的确是自己接下来要面对的严峻挑战。

那么，就这样吧。

让平白照顾了自己十七年的母亲好好地享受女儿的爱护吧，如果给这段爱护加一个时间的话，那么它最少应该是十七年。

出院那天，陈锦念和老阎请了一天假。

阳光灿烂得有些耀眼，母亲拒绝打车回家，而是坚持着要坐在轮椅上"走"回去。毕竟是不一样的母亲，就算是下半辈子将会是在轮椅上度过却还是乐观豁达。

"要是我再不晒晒阳光，我都发霉了。"母亲看着皱起眉毛的陈锦念，"而且，春天来了啊，你也该让我跟春天来一次亲密接触吧。"

"既然这样，那好吧。"

陈锦念推着母亲，而旁边的萧尘明则浑身挎满了大包小包，远远地看过去，还以为是一个会走路的衣架。

三个人的脸上都洋溢着幸福的微笑。

路人可能会以为这是一家三口吧：不幸被病魔夺去双腿的母亲，以及孝敬的儿子和听话的女儿。可是——

表象永远富有欺骗性。

这是三个没有任何血缘关联的人。

却被什么力量紧紧地粘在一起，谁都无法离开谁，这种关系甚至胜过由血缘所建立起来的亲情。陈锦念回头去看落后了几步的萧尘明："你快点诶。又想顾小婧了？"

"你这个臭丫头！"

的确是在上个礼拜天去找了顾小婧却被对方从门里给推了出来，带去的礼物也悉数被从窗户里扔了出来。碰了一鼻子灰的萧尘明哭丧着脸冲快把肚皮笑破的陈锦念说："你也太没同情心了吧。"

"……你真喜欢她？"

男生点了点头："这好像不是你第一次问起了吧。"

"确认一下吧。"陈锦念把削好的苹果递给萧尘明，"那你就坚持坚持再坚持！"

谢沧澜抱着一束康乃馨出现在视野之内时，陈锦念的心跳的确是加快了速度。

要怎么办？

这个捣蛋的家伙这个时候出现要干什么？

要是他故意说跟自己在谈恋爱的话，那么妈妈她会不会生气，如果生气的话，会不会受到刺激……越这么想下去陈锦念越紧张。

少年笑嘻嘻地停在了陈锦念面前。

"你怎么来了？"

"呐，我去医院，可是人家告诉我你们走了。"谢沧澜擦了一把一额的汗，"这花是送给阿姨的，祝贺你康复出院。"

母亲抬眼看了一眼谢沧澜："看你眼熟哦？"

谢沧澜笑得更是阳光灿烂了："哦，我以前追求过陈锦念。"陈锦念控制不住地全身血液往脑袋上涌去，"……可是最后她没答应。"

"妈，你别听他胡说！"

"我看这孩子挺好的啊。"欣然接受了谢沧澜的花，还凑近了闻了闻，"呐，谢谢你啊。"

"不用谢啊。"少年搔搔脑袋。

一起往回走的路上，陈锦念故意落后了一段路，然后小声问谢沧澜："你到底要搞什么？"

"我就是觉得阿姨挺可怜的……"

"那也轮不到你来可怜。"陈锦念突然想起来什么，"……你打哪来的钱?"

谢沧澜狡黠地眨了两下眼:"现在我就一吃软饭的……"

"什么意思?"

谢沧澜扯了扯衣领，陈锦念才注意到男生从头到脚一身的名牌。

"黎朵朵的钱呗。"

"你以后不要这样了。"

"为什么?"

"没什么。"陈锦念想了想说，"只是一提到她，我就非常非常难受。"

"嗯。"谢沧澜把身上那件衣服随手脱下来，手臂一扬就扔到了路边的垃圾桶上，"我听你的，以后跟她划清界限，离得越远越好!"

就是这样的谢沧澜，让陈锦念觉得是可以依赖的吧。

[八]

晚上的饭是萧尘明做的。

四菜一汤。蒜薹炒肉、红烧肉、西芹百合以及一盆热气腾腾的冬瓜汤。端上来的时候，陈锦念还怒气冲冲地跟一头小兽似的陷在沙发里。而谢沧澜则早早坐在饭桌边招呼着陈锦念过来吃饭。

母亲招呼着谢沧澜:"饿了吧，赶紧吃吧。"

"嗯。"谢沧澜则招呼着还在厨房里忙活的萧尘明，"缺了一只碗诶。"然后用筷子夹起了一块红烧肉。

"这是你家还是我家啊?"陈锦念把嘴巴撅起来，"你的脸皮厚得跟城墙拐弯有一比了。"

那一箸就停在空中。

进也不是。

退也不是。

直到萧尘明从厨房里出来同样以男生近乎白痴一样的笑嘻嘻的表情说:

"小谢是不是对我们家陈锦念有意思诶~"

谢沧澜才接下了一句："其实，我今天是来避难的。"

坐下来的萧尘明给陈锦念盛了一碗冬瓜汤，然后又招呼了一句："快点趁热喝，你不是整天嚷嚷着减肥么，喝冬瓜汤又美容又减肥了。"

旁边的母亲接了一句："以后谁要是嫁给我们家萧尘明得是多大的福气啊。"然后歪过头问谢沧澜，"你刚才说什么避难？"

陈锦念也转过头来。

看着嘴巴还叼着半块肥肉的谢沧澜喃喃地说着："我把黎朵朵给打了。"

突然垮下去的一张脸："你……"

"要是我把她打残废了，他爸是不是不会饶了我啊？"

"你为什么要打她啊？"

"你不是恨她么。"谢沧澜抬起无辜的脸来，"所以，我就给她点颜色看看哦。"

[九]

不管怎么说，陈锦念觉得出事后的母亲变化了太多。整个人都变得豁达、宽容了许多。若是在以前，别说会留谢沧澜在家里吃饭，就是看见自己和这样的男生在一起，她都会歇斯底里地发上一通脾气。

"锦念，你过来一下。"

萧尘明卷起袖子正在厨房里忙着洗刷餐具。

哗啦哗啦的流水声。

以及独自劳动时会轻轻哼唱的声音。

"他五音不全，一句都不在调上，还敢唱？"陈锦念咬了一口苹果，"妈，你放心吧。那个黎朵朵他爸没找谢沧澜的麻烦。不过据说黎朵朵确实住院了呢。"

"锦念，你长大了啊。"

"啊。"目光还盯在电视上的娱乐报道。

"那也就意味着成年了啊。"

"呐，妈，你不会把我当成美国孩子吧。到十八岁了就把我一脚踢出家门，不管我的死活了。我跟你说，那可不行啊。"

"……所以有些事告诉你也无妨了吧。"

空气像是被日光灯所射出的强烈光线所搅动，发出了哗啦哗啦的声响，把房间内所有其他的声音全部屏蔽。

只有一串接着一串的哗啦哗啦声。

"妈……"

心里的话却是，"也许还是不说的好吧。现在我们这样不也是非常幸福非常快乐的么。如果你不提的话，那么我就永远也不提，我要永远做你的女儿，永远永远。"

"萧尘明做你的哥哥好不好呀？"

呼出了一口气的陈锦念笑起来："哦，你原来说的是这个哦。"

"那你以为什么？"

"哦，没——"赶紧摇摆着双手，"我的意思当然是，嗯，我一直把他当成哥哥来对待的。就算是他对我有歹意，我也不会从了他的——"

"要是以后我突然不在了，有什么困难，你就找他帮你吧……"

"你不要这样说嘛。"撒娇似的拉住妈妈的手摇晃着。

"……毕竟你们俩都是我领养的孩子。你们能好好的，就算是死，我也瞑目了。"

"妈?"即便早已知道真相，但被母亲亲口说出来，还是觉得很难过很难过，"你说……"

"你跟萧尘明一样是我领养的孩子。所以——"

从厨房里出来的萧尘明怔了一下。

陈锦念没有出息的泪水流出来。转身趴在萧尘明的肩膀上哽咽了半天才说出话来："妈，你为什么要说出来呢。"

[十]

——要是我哭了，你要哄我笑。

——要是我饿了，你要卷起袖子下厨房给我做好吃的。

——要是我被人欺负了，你要挥着拳头去帮我打抱不平。

——要是我生病了，你要带我去看医生。

——要是迷路了，你要带我回家。

——要是我嫁人了，你要很伤心。就算是不伤心也要装出很伤心的样子。

——要是我死了……

——要是我死了，嗯，那你每年清明都要去看我。

甚至在梦里，陈锦念也微微翘起了嘴角。梦里还记得白天的时候蛮横地冲着对面一脸微笑的萧尘明颐指气使地说道，"萧尘明，以上这些都是我叫你一声'哥'后，你所必须付出的代价。你答应的哦。而当务之急是你要给我买一个新的MP3。"

母亲在旁边插嘴，"你不是有一个么。"

"那个早坏掉了。再说，他一下捡了这么大个妹妹，总该有点表示的。"然后又转向萧尘明笑嘻嘻地说，"对不?"

"呐，明天我就去买给你。"起身的时候在陈锦念的头上弹了个响指，"不过以后见我不要一口一个萧尘明，要叫我哥，否则的话，我就要弹你一个满脑袋大包。"

[十一]

一桌子满当当的全是热气腾腾的饭菜。

最高兴的当属妹妹，面前的白碗里盛满着白米饭，夹着一块锅包肉正往嘴里塞的妹妹在看到门被打开的一瞬立时从座位上跳下来："哥哥——"

"诶。"换上了拖鞋之后才注意到从厨房走出来的堂伟。

"爸?"

"你回来了?"

堂兴圣说："这话我该问你才对吧?"

原来堂伟醉酒是事实，打人也是事实，但在这些事实前面还有一个条件，就是他打的是坏人，因为在街上看见三个流氓抢一个女孩的包，所以堂伟才动手的，而由于受到了惊吓，仓皇逃窜的女孩一直不敢站出来指认，也是因为看了电视的本地新闻，女孩犹豫再三还是勇敢站了出来讲清了事情的来龙去脉。

终于搞清楚事情真相的堂兴圣一副愕然的神情。

"你自己怎么不解释?"

"解释有个屁用?"堂伟歪起头，把脖子上的伤痕给儿子看，"他们哪容我说话啊!要是那女孩不出来澄清事实，那就让我做一个被冤枉的无名英雄吧。"

——其实爸爸在某些方面并非是乖戾而凶残的。而这种性格或许正是他讨女人喜欢的原因吧。

继母在旁边呵呵地笑着。

堂兴圣突然想起什么似的站起身去穿外套："你们吃啊。"

"你不陪我喝一杯啊?"

"我还有事。"

"什么要紧的事哦?"

"今天是姥姥去世的纪念日，姥爷说是要……"

"行了!"与之前风趣活泼的截然不同的恶劣态度，"你要是去就再也不要回来了。"

之前一直没怎么说话的继母帮腔："你爸一回来你就气他，你也太不听话了吧。"

"比起落难时连送件衣服都不肯的人，我更愿意这样激怒他。"有力的反击。

"你……"简直是自取其辱的继母一时语塞，"你血口喷人！"

心里骂着"我喷个鬼啊！"却没敢说出口。

把门用力地拉上。

门里面传出来恶狠狠的骂声："让他去死吧！再也不要回来了！"

黑暗立刻覆盖了视线。

[十二]

萧尘明出门的时候已经是晚上九点了。他写了一张纸条给陈锦念："在家好好照顾妈妈，我学校里还有事，先回去住一个晚上，明天你醒来的时候，我就会带着你想要的MP4回来好不好？比MP3要好呢。呐，等我回来诶。"

下面还画了一个笑脸。

呐，等我回来诶。

[十三]

谢沧澜把黎朵朵给踹了那天，下手的确是不轻。

一个耳光接着一个耳光扇过去，黎朵朵被抽得眼花缭乱尖声高叫。谢沧澜仍旧是一副惯常所见的模样，嘴角坏坏地翘起来，只是杀气腾腾的目光叫黎朵朵立刻噤若寒蝉，更何况，这是在城北玩乐队的地下室，就算是黎朵朵把喉咙喊破了，也不会有人来救她的。除了自认倒霉之外，这一次她真的是毫无办法了。

狗子拨了一下琴弦，笑着说："呐，那天就你们俩在这，孤男寡女的，没干点别的？"

谢沧澜弓着肩在地上接通了地上的电源，然后墙壁上的灯跟着也亮了起来。

"我最看重的是黎朵朵身上的钱。"谢沧澜站起来拍掉了手上的灰尘，"要是没有她那些钱的话，凭什么让老花放我们一马啊。"

排练结束后，从地下室出来的谢沧澜和狗子发现天竟然零星飘起了小雪。

还没吃饭的两个人找了一家小饭店喝了点酒。狗子酒像是有点喝大了，竟吵吵嚷嚷着要谢沧澜陪他走回去。

"呐，没一个小时是走不回去的。"谢沧澜摆出一副很麻烦的表情，"就算老花又答应帮我们重组乐队嘛，你也没有必要这么激动啊。"所以谢沧澜不理会狗子那套，伸手叫停了一辆出租车，把狗子塞进后排的座位上，然后自己坐在了副驾驶的位置上。可是十分钟之后，谢沧澜就不得不骂骂咧咧地扯着狗子下了车。

狗子吐了人家一车，尽管司机一叠声地嘱咐"千万不要吐在车里诶"之类的还是无济于事。司机把车停下来问谢沧澜要十块钱的洗车费。为了这十块钱，谢沧澜差点跟司机师傅动起手来。

最终没有得逞的司机在收了起价费之后也是骂着娘地把谢沧澜和狗子抛在了路边。

然后谢沧澜就背着吉他，扶着跟跟跄跄的狗子迎着雪花往回走去。

在看到迎面走过来的少年把刀子掏出来对准自己时，谢沧澜才借助着模糊的月光看清了他的脸。

"堂兴圣?"

"像你说的，我们很巧合。"堂兴圣把刀子顶在谢沧澜的身上。

"我朋友喝多了酒，所以……"谢沧澜发现自己在颤抖，"我们的恩怨改日清算。怎么样?"

"如果我不同意呢?"堂兴圣冷冷地笑了一下。

"你不会这么不讲究吧。"

"要不是那天你拦住我跟我没完没了地纠缠，我也不至于连姥姥最后一面也没见到，也不至于现在去给姥姥过祭日还一心的愧疚。可是，那时候，我跟你说我们的恩怨改日清算，你听了么，你同意我了么。"见谢沧澜不说话，堂兴圣另一只手扯住谢沧澜的衣领，"操你妈的，你倒是说话啊，你同意了么？"

然后刀子就捅了进去。

谢沧澜甚至没来得及大声叫出来，整个人就失去了支撑，一点一点往下蹲去。

黑暗中亮起了一盏盏路灯。

又温暖又悲伤。

连缀在每一盏路灯之间的黑暗被模模糊糊地照亮。这么一路照下去，会照耀到你那不见光亮的内心么？

头顶没有星光的夜空，有亮着红色信号灯的夜航飞机大声飞过，这么一路飞下去，会飞到那个梦里面常常梦见的陌生岛屿么？

[十四]

萧尘明转了个弯，刚才从街道两边房屋里流淌出来的光全部消失不见，像是一步就迈到了一个漆黑的世界。而不远处厮打的声音噼啪作响。眼睛在很短的时间适应了光线的变化，这才看清了一个身材高大的黑影把另外一个略显单薄清瘦的少年一步一步逼在角落里。

"住手！"出于爱管闲事的本能，萧尘明朝着那一团模模糊糊的黑影大吼了一声。

而应声转过脸来的少年叫萧尘明大吃一惊："堂兴圣？"

"有种你刺过来！"少年被逼进了墙角，而刚才还握在他手里的刀子现在已经到了狗子的手里，举起来，朝着他的眼睛就刺了过去。

萧尘明扑过去将狗子撞翻在地，拉起堂兴圣就跑。

虽然是喝醉了酒，可是之前三番五次的吐再加上刚才谢沧澜突然挨了一刀的惊吓使狗子早已清醒了大半，所以他脚步如飞地跟在了前头两个人的身后。

心里的一念绷得很紧。

就是要替谢沧澜还那小子一刀方肯罢休。

十字路口的红绿灯交替闪烁，在漆漆无光的黑夜里，格外夺目。

红灯的时候，两个人停了下来。

回头张望了一下，发现只有十几米就追了上来。

堂兴圣催了萧尘明一下："我的刀在他手上，快跑——"

于是堂兴圣先于萧尘明迈进了禁止通行的人行横道。

萧尘明在后面招呼了一声："诶，红灯！"

[十六]

堂兴圣的额头被擦破了一块皮。

心还在扑通扑通地跳。白着一张脸的堂兴圣回过头去看刚刚努力地推了自己一把的萧尘明，他一动不动地趴在地上，鲜血从他身下大面积地渗出。

血淋淋的一片。

[十七]

红灯跳了一下，变绿了。

第 十 回　>>>>>>

[一]

在走廊上遇见陈锦念的时候，堂兴圣会主动地点点头。即便是女生会嫌弃地把头转向一边，他还是一成不变地保持着对她的尊重。

就算是这份尊重在她那里一文不值也好，就算是一生都不能被谅解也好，就算她冲过来把刀架在脖子上要自己的这条命也好，就算她当着所有人的面把口水吐到自己脸上来也好，只要自己还活着，这么坚持下去就可以了吧，对她点头、微笑，在她有困难时挺身而出，在她不幸的时候为她祈祷，在她幸福的时候为她高兴。而这些，都能缓解负荷在内心里沉重的负罪感吧。

这一切，都因为一年以前的那场车祸。

那场车祸夺去了萧尘明二十一岁的生命。

随之而来的是一系列的变故。

无法接受被车祸掠走了养子生命的陈锦念的母亲受到了强烈的刺激再次

住进了医院，而陈锦念也不得不暂时退学，一边跟萧尘明的大学同学操办他的丧事，一边照顾在医院重症监护室里的母亲。

刺向了谢沧澜的那一刀幸好力道不足，也没造成什么大碍，要不是中间出了萧尘明的这个惨剧来，估计谢沧澜的家长一定不会饶恕了自己找上门来。

谢沧澜再没找来。

即使在那之后的一年里，在路上好几次擦肩而过，谢沧澜都一点没有找自己麻烦的意思，像是素不相识的陌生路人一样，过去了就过去了，连头都不肯回一下。

也曾想拦住对方。

可是拦住之后，还能怎么样呢。去说"你不认识我了么"或者"对不起"这样俗气的字眼博得对方的欢喜么。

更何况，堂兴圣并不需要和他建立友情。

只是，他如此淡漠了过去的事，像是一并也淡漠了堂兴圣头脑里的记忆一样，让过去发生的种种显得那么虚假。

难道那些事都是假的么。

再没有战斗，也就无所谓孤军奋战。

再没有人来找自己的麻烦。就像是走上了一条孤僻的通往世界尽头的不归路。

空空荡荡的天地之间，只剩下自己一个人。

一年来不断重复出现的梦境：四下里全是海水。灰突突的天以及蓝到有些发黑的海水。站在礁石上的堂兴圣举目四望，除了水还是水，再无前路可走，咸咸的海风猛烈地吹得人睁不开眼。望着让人充满敬畏的汪洋，堂兴圣终于泪流满面。

呐，你一直不敢梦见的地方。

时光精心却也大刀阔斧地在大半年的时光里雕琢了堂兴圣俊美且深邃的面庞，使其流露出不同以往的成熟气质来。而身高更是在升入高二的秋天里停在了一米八二的位置上。而不知何时变宽的肩膀以及隆起的肌肉也使他的身材跳出了清秀瘦弱的区域而趋向了成人的利落纤长。

付出的代价就是整个人更加沉默自闭。

很少跟人交流，无论在家还是学校，彻头彻尾地变成了孤单单的一个人。高二文理分科选择了理科，因为不再想感情用事，无论物理还是数学都是一门克制理性却也粗暴的学科，这对堂兴圣来说有助于驱逐逐渐庞大沉重的孤独感。

长大了。

就那么一夜之间就长大了。

尽管堂伟还是因为自己去外公家而大发脾气甚至动手甩自己的耳光，堂兴圣也不像以往一样顶撞回去。其实他心里清楚得很，只要稍一用力，就能把堂伟推一个趔趄，可他还是装做被父亲一巴掌就打倒在沙发上。然后低下头，强忍着，不把眼泪掉下来；

不再整天把MP3挂在耳朵上，不再一个人的时候哼唱情歌；

喜欢的书从《海子诗集》变成了《时间简史》；

每个周末去看望一次外公。带他去公共洗澡堂洗澡，把两个人的钥匙都系在自己的手腕上，然后帮外公搓背。现在外公的身体也不是很好了，舅舅不孝顺，三天两头就会跟七十多岁的外公吵架，会把外公气到直流眼泪；

买了一台收音机。喜欢一档晚点谈话节目，甚至给那个电台DJ打过一次热线电话；

爸爸的头上有白头发了，他经常在家里叫妈妈帮他用染发膏把头发染黑。有时候妈妈不在家也会叫自己帮忙；

妹妹上小学了；

揭下了贴在课本和习题册上的明星贴纸；

从不跟人打架，学习刻苦，成绩比以往更好甚至爬到了年级第一的位置。教学主任找上门来要自己担任学生会主席，却被婉言拒绝；

比一年以前收到了更多的情书，从不为其中一个女生动情。

不能忘记的是以后每年的二月十九号要去墓地看望一个人。因为当初是他拼了老命把自己救下来，那么，就算为了报答他，也该好好活下去吧，而且要成为一个优秀的人，甚至已经想好一年之后也要报考他在的时候所就读的那所医科大学，帮他完成未竟的学业；

而这些，是十九岁的堂兴圣能做的所有事了吧。要是真的像他们说的一样，死去的人还能感知活着的人的话，那么，堂兴圣想，他应该是高兴的。

他的命赔给了这样一个好孩子，那么，他应该是高兴的吧。

[二]

高二开学后，陈锦念选择了文科。

那些让她产生麻烦情绪的物理和数学，要是有萧尘明在的话也许不过是小菜一碟吧。可是他不可能像以前一样在自己画不好受力分析图的时候凑过来三下五除二地把图画好后，再用比物理老师的讲授要通俗明晰得多的语言解释一遍。

更何况，之前因为母亲的病，两个月没来学校，理科几乎完全捡不起来。

和以前的好朋友也疏于联络，包括和沈哲陷入热恋中的秦斯，通常是放学后谢沧澜已经骑着单车出现在学校门口，然后她就笑一笑，坐到谢沧澜的单车上去。

起风的时候，陈锦念会搂紧了谢沧澜的腰。

然后想着第一次见到这个少年时候的情景。

"诶。"

"什么？"

"你还记得第一次见我是什么样子的么？"

"当然记得啊。"谢沧澜把单车骑得飞快，"就跟小花猫似的，哭花了一张脸。"

"还不是黎朵朵给闹的。"

"你妈最近怎么样啊？"

"情况还不是很好。"陈锦念把脸贴在谢沧澜的背上，"……要是再这样下去，我估计以后就不能再读书了吧。"

"为什么?"

"家里以前的一些积蓄，还有我妈出了车祸以后人家赔偿的钱款这一年来差不多都花光了呢。我不能赚钱不说还要一直花钱，所以……"

谢沧澜叹了一口气，什么也没说，身体弓下去，把单车踩得飞快。

只一瞬就消失在苍茫的暮色里。

而站在学校门口的堂兴圣在看着载着陈锦念的单车消失在视线之后，才转身掏出一枚硬币跳上了电车。手上提了重重的一袋水果。

呐，不妨再试一试。

试一试。

[三]

谢沧澜把陈锦念载到医院门口掉头就要走。

"你这就走?"陈锦念牵住谢沧澜的衣角，"不陪我上去?"

"我妈让我早点回去。她这几天腰疼那病又犯了，什么也干不了。所以我早点回去能帮她干点什么。"男生虽然这么解释，但额头还是紧起来。露出了类似"你们女生还真是麻烦"的表情来。

"这样哦。"陈锦念觉得心里像是被谁抽去了一根丝，细小而灼热地疼。

"你好像有事的样子?"

"我……"陈锦念把书包从胸前顺过去，然后说，"我一个月没来了。"

"什么呀?"谢沧澜一脸茫然，"你不是天天来么。"

陈锦念抬起脸直视谢沧澜："你还真是够傻!"

谢沧澜挠了挠脑袋说："那你说清楚诶。"

陈锦念摇了摇头："呐，我先上去了。"

跨上单车的谢沧澜不放心地回头问了一句："你……没事吧?"

"没事。"

转身上楼的时候陈锦念疲惫地流下了两行清泪。

跟谢沧澜有第一次是一年以前。

萧尘明葬礼的那天，母亲再次病危住进了医院。谢沧澜一直陪着陈锦念，一直到凌晨才从医院出来。

谢沧澜送陈锦念回家。

然后那天晚上就住在了那。

伤心欲绝的陈锦念趴在谢沧澜的肩上一声接一声地抽噎着，"我不要什么MP4，我要你活着，我要你回来，我要你回来……"

以至于后来陈锦念回想起那天的事来，都难以分辨到底是因为太恐惧才会跟谢沧澜睡到一起还是因为把眼前这个男生当成了某个人的替代品。

谢沧澜从来不是她梦里所喜欢的男孩子的模样。而现实里，能在这一刻陪在她身边的除了谢沧澜还有谁呢？

那之后，谢沧澜就成了陈锦念的男朋友。

为她打架为她护航为她抵挡风雨的那个男孩子，而至于站在对岸的堂兴圣，在他们之间横亘着一条血淋淋的生命，叫陈锦念怎么也没有力量抬起腿跨过去。

跨不过去。

间接导致萧尘明惨剧发生的堂兴圣就这样站在了陈锦念的对立面，中间还垒起了坝，灌满了水，不能逾越。

不管对方愿不愿意站在那个对立面。

[四]

在医院走廊上碰上了提着一袋水果的堂兴圣。

对方笔直着身姿站在母亲的病房前，在看到陈锦念的时候，举起手朝自己温暖地笑起来："能让我进去么？"

而在陈锦念的印象里，一年以前萧尘明葬礼上的堂兴圣像是还没有现在这么高。当时他穿了一身黑衣服，胸口处别上了一朵小白花前来吊唁，却被陈锦念像是打狗一样给赶跑了。当时他也是咧着嘴哭着的吧，一点都不像样子地求着自己让他参加萧尘明的葬礼。怒不可遏的陈锦念在无人阻拦的情况下朝堂兴圣扑了过去，几乎是用尽了全身力量将拳头砸向堂兴圣，而恶劣的诅咒也随口而出。直到在男生的脸上留下两道清晰的血痕来，人们才将他们强行分开，而陈锦念的强烈反应也使得堂兴圣最后被驱逐出场。

　　迎向堂兴圣的目光丝毫不逊于一年前的凌厉："你来干什么？"

　　把水果提起来，看得出来男生稍微有点拘谨："这是我的一点心意。呐，希望你能收下。"

　　"我妈现在这样都是你害的，你知不知道？"陈锦念的脸白起来，太阳穴突突地跳着，"她现在要死了，你是不是很高兴呀？你是不是巴不得我妈她早点咽气你才高兴？"

　　"我，我没别的意思，只要你收下这水果——"

　　"我凭什么要你的东西？我跟你说，就是有一天，我饿到上街讨饭我都不会接受你的施舍，更别说我还没沦落到那个份上。"恨恨的陈锦念一把将男生递过来的手打开，"我就是吃屎也不会吃你的东西的。"

　　而男生的手一松，那一袋水果就砰的一声掉在地上。

　　从口袋里滚出的苹果、橘子以及水晶梨朝着四面八方滚去。

　　滚落了满满的一地。

　　男生脸上的微笑换作了湿漉漉的泪光。

　　化不开的雪。

　　以及过不去的冬天。

[五]

　　周五放学后，陈锦念值日。她在水房的水龙头下清洗着拖布的时候，禁

遇见你的时候，
能不能不是几千米之下寂寂无光的海底，
而是春光正浓的教室门口。

不住又一次伏在水池前干呕起来。凉意就在那时一寸一寸地侵蚀了全身，恶心、干呕、喜欢酸食以及一个多月没来的月经。

剧烈的干呕呛出来的两行热泪还挂在脸上。

陈锦念站直身体把拖布从水池里拿出来，转身时吓了一跳。

不知何时站在身后的吴建正笑眯眯地朝自己望过来。

就算是升入高二后，两个人不在一班了，但吴建依然是学校里的风云人物。而不久之前结束的全国奥林匹克物理竞赛的一等奖又使得他免试直升清华大学物理系。这件事甚至还上了本埠的新闻。

"班长，恭喜你啊。"陈锦念拿手背把眼泪擦干，"以后的一年你就可以逍遥了。我们都好羡慕你呢……"

吴建走过来，附在陈锦念的耳边小声地说："我观察你好长时间了。"

"什么？"陈锦念下意识地往后退了一步。

空荡荡的水房里，此刻只有陈锦念和吴建两个人，走廊上偶尔有三五成群的学生背着书包走过。

吴建从口袋里掏出两张验孕试纸，在陈锦念的眼前晃了晃然后递过去："呐，我想你需要这个。"

陈锦念的脸白成了一张纸，咬住下嘴唇，一句话也说不出来。眼泪像是就要掉下来了，所以她不得不把头仰得高一点。然后她就看到了天花板。潮湿的水渍将天花板上的墙皮鼓起一个一个小泡，第一眼看过去，像是看到蟾蜍的脊背，恶心得陈锦念想吐。

恶心得想吐。

陈锦念把拖布举起来朝吴建身上甩去，他身上那件白色外套立刻沾满了肮脏的水点。"操你妈的！你想干什么？"

吴建抬起手擦干了甩在脸上的几滴水，若无其事甚至可以说是文质彬彬地说："我想操你！"

——我想操你！

像是搭错了一根弦。

而这一片弦音也根本不像是眼前这个男生发出来的。

他就那么站在那，虽然身上有几处水渍的污点，但翻出来的衣领却干净得散发着洗衣粉的味道。从上到下，那么干净的一个人。

你怎么也无法想象这样一个被老师和家长们定义为品学兼优的模范生此时此刻温文尔雅地说着那四个污鄙的字眼：我想操你！

那一刻，天光倾覆，乌云四合。囤积在城市上空的云团再也禁不住雨水的重量。操场上踢球的男生刚才还吵闹喧嚣的声音全部被淹没在哗啦哗啦的雨水声中。陈锦念感觉到一阵眩晕，要不是一手扶住了水池的边沿，说不定会就这么瘫倒在地。

吴建仍旧不紧不慢地说着："我也知道你妈现在的情况很不好，要是我跑到医院去跟她说你的女儿怀孕了她会是什么反应？"

"不！"陈锦念手中的拖布"咣当"一声掉在地上。

"所以，你必须跟我上床！"简直是无懈可击的逻辑推理，只是，他那张脸，叫陈锦念恨不得吐去一嘴口水，然后再还击一句"你去死吧！"

身体里又涌来了一阵翻江倒海的恶心。

转身趴在水池边终于吐了起来。

身后传来吴建温和的低语："你是不是觉得我很衣冠禽兽啊？"

"……呕……"

"呐，今天晚上七点钟。人民宾馆门口我等着你诶。记得要守时。要是你不去的话，后果你也知道的吧。"吴建把拖布从地上扶起来，放在陈锦念的手边，"继续干活吧。呐，我走了。"

[六]

吴建光着身子从陈锦念身上爬起来的时候，外面持续了三个多小时的大雨终于停止。吴建从兜里掏出五百块钱递给还缩在被子里的陈锦念。

"呐，这个给你。"

"你什么意思？"

"你不久以后就需要这个吧。"吴建笑笑说，"做堕胎手术也是需要不少钱的呢。以前我也陪黎朵朵去做过的。要不要我给你推荐一家医院？"

"你去死！"

"我就不相信谢沧澜那个穷光蛋能一下拿出一千块钱陪你去做堕胎手术。"吴建笑笑，"我认识他这么多年，他什么性格我了解得一清二楚。我跟你说，他就一胆小鬼，你别看他平时瞎闹，事一旦真的临头，他他妈的就一缩头乌龟！"

"难道你对我做这些就是为了报复谢沧澜？"

"算你聪明。"穿好了裤子的吴建转身过来在陈锦念的额头上吻了一下，"你说得没错，谁让当时他玩了我的女人。"

"你说黎朵朵？"

"对啊。"吴建笑嘻嘻地，"虽然我跟黎朵朵早就两清了，可是他玩了我的女人，我就要他变本加厉地还给我！"

[七]

三、二、一——

嘀的一声。电梯门被打开。

抬起眼的陈锦念第一时间看到的是站在宾馆大堂中间的谢沧澜，被雨水淋得浑身精湿，头发紧紧贴在额上，水滴顺着发梢流下来。衬衫紧紧地贴在男生的胸膛上，起伏的气息看得一清二楚。

谢沧澜两眼冒火地盯住自己，陈锦念意识到什么都来不及了。

吴建的一条胳膊还搭在陈锦念的脖子上，甚至在明知谢沧澜愤怒地望向这边时还低头强行在陈锦念的脸颊上吻了一下。

陈锦念从吴建的怀里挣出来跑向谢沧澜。

而迎接女生的却是昏天黑地的一巴掌。

"谢沧澜，你来得还是够准时诶。"吴建从后面迎上来，"这么远的路，又下了这么大的雨，你怎么不打的过来呢？"

"吴建，你到底想跟我说什么？"谢沧澜的脸青起来。

"你没钱是吧？没钱就不要跟女生扯这些啊！"吴建笑了一下，"陈锦念的味道，嗯，也不过如此么，亏你还把她当成宝似的。我跟你说，她——"吴建一把扯过陈锦念，"她就一贱货，我五百块钱就能跟她干一次！"

空旷的宾馆大堂，像是起了风，将每个人的脸都吹得一片惨白。

而强光下陈锦念的脸更是血色全无。

[八]

连续一个月再没有捕捉到谢沧澜的影子。甚至在这个周末，陈锦念在职专学校门口堵住了狗子也是无济于事。

"谢沧澜呢？"

"你问我我问谁去啊？"狗子翻了陈锦念一眼就招呼旁边的一帮人去网吧打暗黑去了。这让陈锦念无比清晰地意识到谢沧澜这是有意识地在逃避自己。

其实就算没有了谢沧澜，没有了他每天放学时载自己去医院看护母亲，没有了谢沧澜陪自己吃晚饭，和自己聊天……没了这些，也不会让陈锦念像某些女生一样寻死觅活，只是在走出校门时微微有点失落。

要不是一天之内两度遭到打击，陈锦念还觉得这样一路走下去也是很好的吧。黎朵朵跟三五个女生拥上电车时，陈锦念故意侧过身子扭过脸去，可不久之后还是有一只脚踩过来，踩在脚背上，使劲地揉过来揉过去。

"哦呀，这不是陈锦念嘛！"黎朵朵一脸的惊喜，"谢沧澜怎么没来送你上学啊？"

"……"

"不会是被他甩了吧？"黎朵朵把头发一甩，"男生都那样，你别伤心啊，男生没一个好东西呢。他们只有把女生的肚子搞大的本领，除了这个，他们连头猪都不如呢。"

而放学时候再次遇到吴建，见到自己的第一句话就是："你怎么还没去医院啊？跟你说，要是再不去的话，以后做就危险了。"

"谢谢你提醒。"陈锦念想要把吴建甩开。

却被一把扯住："是钱不够吧。要不——"阴险地笑，"再让我干一次吧……"

反手就是一巴掌，"操你妈的，你有完没完？"

一手扯住狗子："求你就让我见一次谢沧澜吧。我有非常重要的事跟他说。"

陈锦念紧紧地抓住了狗子的衣角。

狗子看了陈锦念一会儿，转身冲大伙挥了挥手说："你们先去吧，我一会儿再过去。"

狗子把谢沧澜从台球厅带出来的时候，陈锦念的眼泪刷地就淌下来了。她想往谢沧澜的怀里冲，一个多月以来所有伪装的坚强在这一刻全线崩溃。

狗子只留下了一句"你们俩谈吧"，转身进了台球厅。

谢沧澜把陈锦念用一条胳膊格开，用一种前所未有的淡漠声调说："你找我有什么事？"

"我……我两个月没来月经了。"

"什么？"男生的眉头皱了皱，突然反应过来的谢沧澜跟进的一句话叫陈锦念彻底陷入了绝望的境地，"你跑来就是为了跟我说这个的嘛！呐，恭喜你有喜了。"

"你陪我去做堕胎手术好么？"陈锦念的声音小小的，分明就是乞求的姿态。

"我没时间。"

陈锦念看着眼前的这个又熟悉又陌生的男生，她举起手来擦干眼泪。

"如果你不去也可以，但你必须给我一千块钱。"

"为什么？"

"因为这是你的孩子。"陈锦念恢复了这一个多月以来坚强的常态，"你必须要负责。"

"我怎么知道是我的孩子？"谢沧澜点上了一支烟，"跟你上床的男生可不只我一个诶。如果你真缺钱的话，你可以去找吴建啊。他跟你上一次床不是五百块钱嘛。你的价钱可比大路货高多了。"

"谢沧澜，你说的是人话么？"陈锦念再也控制不住自己的身体，她抖动得像是飓风中的一片树叶，被席卷着托上了天，巨大的离心力将身体扭曲成一团，然后再撕开，四分五裂的疼。

谢沧澜理也不理地转身进了台球厅。

[九]

就跟是一年以前在一个大雾的早晨里一样。叫做堂兴圣的男生突然出现在女生的视线里，然后伸过手来说，喂，要我载你一下。

几乎是一模一样的声音。

"喂，没事吧？"

蹲在地上的陈锦念抬起湿漉漉的一张脸，然后看到了堂兴圣。

黄昏的光线从他的身后照射过来，将他的肩线勾勒出了一圈毛茸茸的光芒，就像是从他的肩膀后面要生长出一对翅膀一样。

陈锦念再也没有骂人的力气了。

她把手交到男生的手里，然后面无表情地说了一句："你肯陪我去堕胎么？"

堂兴圣一怔，然后坦然地说："好。"

[十]

陈锦念仰面朝天地躺在手术台上。下半身的裤子被扒下来，两条腿固定在搁脚架上。有什么东西进入身体。排山倒海的疼痛击中了她。大滴大滴的汗水顺着额头吧嗒吧嗒地掉下来。有好几次她都觉得自己马上就要死了。

如果是死了也许就好了吧。

如果说这些疼痛还能忍受的话，那么叫陈锦念死也不能接受的是，为她做这次手术的人，竟然是萧尘明的前任女友，顾小婧。

而她竟然在手术之前眉开眼笑地说："哦呀，是陈锦念诶。你不是品学兼优的学生么，怎么也跑来做堕胎手术啊？如果萧尘明知道你这么不要脸的话，他是不是在九泉之下也不能瞑目啊？"

即便是躺到手术台上，顾小婧仍然说个不休："你不是喜欢萧尘明么，你怎么不为他守身如玉啊？"

而一年以前陈锦念还天真地跑去学校找顾小婧。当时她刚好大学毕业正在忙着找工作。在告诉她萧尘明死了之后，她居然笑了一下，然后说，"不会吧，这世界可真是什么震撼的事都能发生啊！幸亏我没跟他再好下去，要是再好下去的话，人家还得说我克夫呢。"陈锦念当时之所以去找顾小婧是希望她能去看萧尘明最后一眼，可是在她提出这样的要求之后，顾小婧劈头盖脸地骂了过来。陈锦念回骂她了。到现在她记得清清楚楚："顾小婧，你就是个婊子！"

真是因果报应啊！

陈锦念痛苦地闭上了眼。

最恶毒的事，是在另外一个护士出去的时候，顾小婧狠狠地在陈锦念身体里捅了一下："你还不是一样的下贱！"

陈锦念就在那时感觉身体被戳了个洞。

整个人像是裂开了一样。

有什么东西汹涌着往外淌。

[十一]

手术室外堂兴圣敛着眉毛盯着窗外。在一大堆成年男人中间，堂兴圣显得过于面目光鲜，自然引来了不少的窃窃私语。甚至连坐在旁边的一个男人也用不置可否的目光看过来，犹豫了半晌还是开了口："你还是学生吧？"

已经一天没有进食也没有喝水的堂兴圣张了好几次嘴才发出了低低的一声"嗯"。男人立刻像是会意了一样暧昧地笑了。

手机响起来，翻开电话，是堂伟挂过来的，接起来之后就是劈头盖脸的责骂："我钱包里的一千块钱哪去了？"

"我怎么知道？"

"是不是你拿去给那老不死的了？"

"没。"

"你再说一个'没'？"

"没拿就是没拿！"

然后啪的一声挂掉电话。就在这时，手术室的门开了，一个戴着沾满血迹的橡胶手套的护士满脸涨红地喊起来，谁是陈锦念的家属。

堂兴圣在众目睽睽之下站起来，忍不住询问，怎么了？

护士跟进的一句让堂兴圣几乎站不住，病人大出血，有生命危险。

[十二]

陈锦念再次睁开眼睛的时候，自己已经置身于普通的病房里了。房间里空荡荡的，只有自己一个人，下午白色的光线强烈地照进屋里来。

围在床边有三个点滴架，看到它们时，疼痛感才渐渐清晰，左右手的手背以及一只脚的脚背上都被插上了针，在同时输液。

一个面无表情的护士推门进来："你醒了？"

"我这是在哪？"

"急诊病房。"护士帮陈锦念把松开的胶布贴好，"不要乱动诶。"

然后返身往外走去。

"医生……"

"你有什么事？"

"孩子，打掉了么？"

"打掉了，但因为你大出血，差点丢了这条命。好在抢救及时，不过以后不能再怀孕了。"护士看着在阳光下白着一张脸的陈锦念说，"跟你一起来的男孩子因为钱不够，他说他回家去取钱，叫你不要着急，等着回来。"

门被咣当一声关上。

房间里又陷入死一般的寂静。

陈锦念盯住浮动在日光里的尘埃，只有一个声音不断地在脑海里盘旋着："妈妈，对不起，妈妈，真的很对不起……"

[十三]

口袋里揣着两样东西，钱和刀子。

本来是打算先去医院把三千块钱交上然后再带着刀子去找谢沧澜算账，却碍于出门时惊动了堂伟，因为一下拿了这么多钱，他特别不甘心地跟了出来。

堂兴圣不得不跟堂伟绕起了弯子，必须先把他给甩掉不可。所以谢沧澜出现在视野里也完全出乎堂兴圣的意外。

一脸胡碴儿的谢沧澜顶着一头浓密的黑发从对面走过来时，堂兴圣的心一下就给提了起来。他右手握紧了刀柄，心里对自己说，既然这样，那好吧。让我在这个时候这个地点遇见你，呐，这也许就是上天的安排吧。换做任何一个别的时刻，我都不想对你动手，我想非常非常俗气地生活下去，为了外公、为了萧尘明、为了陈锦念，为了我亏欠和喜欢的那些人，我要活下去，可是——

可是我现在不想了。

我只想一刀子捅死你！

你可知道，要不是你，我可能从来都不知道仇恨这两个字的味道，要不是你，我不会没有见到外婆最后一面，要不是你，我不会跟萧尘明的死扯上关系，要不是你，我喜欢了那么多年的女孩子不会沦落到这步田地。

谢沧澜——

我对你的恨，壮大到要冲破我的胸膛，将我撕裂。

呐，既然这样，就让我们做一个了断吧。

于是，握住刀柄的堂兴圣凛冽着笑迎了上去。

[十四]

从万马奔腾的喧嚣到整个世界连一片弦音也听不到。

谢沧澜失魂落魄地从地上爬起来。

白色的衬衫几乎被染成了红色。天空晴朗，大团大团的白色云朵盘踞在头顶，像是妈妈晒在院子里的棉花胎。阳光凶猛地直射下来，几乎能刺瞎人的双眼，他呆呆地站在那，两眼直勾勾地看着太阳。

刺瞎就刺瞎了吧。

总比看见一地的血流成河要好受一些。

趴在地上的堂兴圣一声不响，鲜血从他红色短袖下面源源不断地流出，像是永远也流不净，像是能这样一直一直地流下去，流成一条河一样。

骂骂咧咧的堂伟就是这时候出现在胡同口的。

阳光刺眼，他没有看清楚到底发生了什么。嘴里还在嚷着："你这个王八羔子操的臭小子，今天我不把你腿打断就不是你老子，你胆子也越来越大了，一下就从我这掏走了三千块钱，你他妈的以为老子是白痴啊！"

谢沧澜顺着声音看过去。

一个挺着啤酒肚的男人出现在眼前，而记忆像是受到了震动，地面一寸一寸塌陷下去，腾起的灰尘叫谢沧澜再也看不清前面的道路。当眼前这个男人的眉眼相貌和那天掉落在妈妈抽屉外的黑白相片上的男人渐进靠拢并且和一年前因为打人而上了本埠新闻的男人彻底叠合在一起时，谢沧澜扯开了喉咙，就像是小时候人家骂他是没有爸爸的私生子一样委屈地哭了起来："爸爸——"

[十五]

传说中世界的尽头。

在梦里跋涉的距离甚至要用上光年这样的距离单位吧。一直走、一直走，不吃也不喝，整个人像是上了发条一样在空荡荡的天地之间行走。

而到底是从什么时候跨越了现实与梦想之间的樊篱呢。

最后抵达的地方使堂兴圣惊讶得说不出话。从未见过的景象，恢弘壮阔到堂兴圣无法用语言去描述。

四下里全是海水。

灰突突的天以及蓝到有些发黑的海水。

为什么不是蔚蓝色的？为什么不见阳光穿越云层照耀着海面？为什么没有海鸥在离海水不远的天空上盘旋？

水滴被不断地向上抛去。

低低的云层上积聚了厚厚的水汽。

站在礁石上的堂兴圣举目四望，除了水还是水，再无前路可走，咸咸的海风猛烈地吹得人睁不开眼。望着让人充满敬畏的汪洋，堂兴圣突然觉得脊背处升起一片疼痛，甚至可以听到骨骼咔咔作响，再然后，一双巨大的黑色羽翼伸展出来。

风撕裂了云际。

呐，这样就可以飞翔了吧。飞越这一片漆漆无光的海域，朝着光明和温暖的所在，飞翔，飞——翔——

[十六]

"在我背上有着翅膀。"

"拥抱着你，连天空也能翱翔。"

——全文完——

我把流光辜负了

+水格

『2007·悬置回忆』

　　写完这部小说的最后一个字，心里出现了大面积的空白。就像是置身于封闭的房间中，却有人突然拉断了电闸，陷入了没有光亮的黑暗，茫然得不知如何是好。

　　凌晨两点，合上电脑，走进阳台，打开窗，对面高层的建筑工地仍在施工，探照灯的光亮打在我的脸上，在刺耳而嘈杂的电锯声中，突然难过得想哭。

　　就是这样的生活：

　　忙乱到失去自我。悬置。妥协。亦是放弃与退让。我试图用文字记录或者描摹我此刻生活着的状态，却觉艰难，难到我无法看见自己如何挥起左手，斩断过往，火光四溅，扬起的火花溅满我的脸，没有精致的面孔，没有琥珀色的眼神，只有面目全非的扭曲、狰狞、隐忍。

　　在网上，我对一个生活在海南的写诗的师兄说：写下这些凌乱的文字是为了纪念。纪念什么呢？时光。他说，时光无需纪念。它好端端的，在那，是你走过来了。把这些字敲出来的时候，我想到那年秋天，我们坐在四平郊区的一所民房里，谈杂七杂八的关于文学的事，他发表自己的见解或者言论时，语调铿锵有力，极爱使用判断句式——这是对那是错——有一种王者风范。尖锐。却很干净。

我还是喜欢安静。喜欢柔软。

少年光景，如同过眼烟云，反复询问：我留下了什么？我改变了什么？我得到了什么？所有所有的一切，匆匆到来又匆匆离去，如同一场放给陌生人看的电影。花事了。

始终怀抱幻想，对世事抱有敬畏之心。却在不断的长大中一次又一次撞伤。

——读书的四年里，经常出现这样的境地，一个人沿着幽深寂静的小径独行，活得贫乏却又无所事事，只能拉着相干不相干的人一圈一圈沿着学校的四周走；只能一再地说我好我快乐我幸福之类可爱的谎话；只能在凌晨从床上爬起，像鸟一样蹲在窗台上倾听火车呼啸，或者加一件衣服像个皮球似的滚到楼下的网吧去，昼夜泡在网上，不带面目，说着真话假话。没有来由的烦躁，同厌恶的人沉默，存有芥蒂隔膜。在天光大亮之前穿跑鞋横穿城市腹地。在午夜时伙同他人去廉价吵闹的小店喝啤酒吃烧烤，或者火锅。尝试着像模像样吸上一支烟却总是不得要领。在路灯下，**ZY**，我曾对你说我的困惑，你却说着你未来的憧憬，就是那一刻，在该死的校警没来驱散我们之前，我在凝固的路灯的光影下，看到了两个人的寂寞叠加在一起，犹如萤火虫一样，舞蹈——两个寂寞的人在一起，就是成倍的刻骨铭心的寂寞，寂寞成灾——我想说：我们要学会妥协，可是又如此恐惧寂寞、孤单。我们不该苛责。可又害怕自己变成了一块石头，不解风情，却可以盛开出鬼魅的花。文字是花。看我如此矛盾。四个月后，我们已经分离，在网上，我对这个大学时代最好的朋友解释说，我是天平座的人，所以才会如此。在网络的这头我鬼笑了一下，因为就在刚才，一个上海人犹如隔岸观火一样剖析了我的性格。那天晚上，三个校警从后面嘻嘻哈哈地走过来，又严肃地要求我们回去。我就回宿舍了，你回校外的家。向左走，向右走。夜晚十一点。走了十几米，全校园的路灯忽然就熄灭了。我回头看了一眼你的身影，融入到夜色里，辨别不清。唯一的光亮是手上的手机，发出蓝莹莹的光芒，给你发短信，告诉你这样可真恐怖。你很快就发回来一条：你一点都不害怕。正好光亮涌过来，我看见十三舍的男生们把电视从宿舍里搬出来，围拢成小小的人山人海，聚精会神地看欧洲杯。我走过去的时候，刚好有一粒球敲在门柱上，引来一片喧哗与骚动。

……

太多太多的季节，我面无表情或者神情肃然、哀伤地穿越。在陌生的城市里，独自游荡。记住一些细节：北方。某个城市的边缘。陌生人，走走停停。再回来，坐的是轻轨，铺展在玻璃窗上的树影，对面座位上男孩与女孩紧紧拉在一起的手。矿泉水。以及我寒凉的疼。晃晃悠悠。支离破碎。

一切都那么仓皇。有一刻，想哭。

安静。

安静。

安静。

『2000·温暖少年』

忽然怀念一些人。

忽然想听到他们的声音。仅仅是声音。对他们说：想了，念了，甚至想拉一拉手。于是去翻电话簿。密密麻麻的号码与名字，一个一个翻过来，却不知道将电话拨给谁。一再地追问自己，是否有一生不离不弃的朋友？抑或人与人之间不过是萍水相逢擦肩而过。

只是一个人的午后，听一首歌，看一本书，或者是孑然一人，行走或者发呆，这样的时刻，往事的碎片泛起的光芒会灼伤我的眼睛，让我触摸到温暖。

那么微小，虚无缥缈，我却觉得应该珍重。

给我中学时代的两个朋友挂电话，一个在长沙，一个在长春，拉拉杂杂地说话——他们是我少年时代的见证人。我有时会无端地想念他们，想听一听他们的声音，是否一如当年干净纯粹。高三的最后一年，我们住在一起，每天晚上抱着一沓厚厚的书和课本顶着满天的星星回宿舍。做题目。看书。一起在午夜的时候听电台节目或者流行歌曲。为考试的不理想去旁边的一个大园子散心——那是一个烈士陵园，里面有许多坟墓。后来才知道，那时他已经偷偷地开始谈恋爱……那么单薄苦涩的青春，我依旧在照片夹里保留着彼此的少年。我在电话里笑吟吟地说：四年没见面了，都想不起你的样子了。女朋友一直是那个吗？他说：是，一直没换。我说：我记得我们最后一次见面是在中心小学的校园里——那是一个乡村小学，有很小很小的沙土操场，夜色倾斜着覆盖下来，我们沿着篮球架一圈又一圈地走，没完没了……

我读大一。

他刚好复读一年。高考结束。准备去湖南长沙读大学。如是而已。

四年过去了，你不再是你，我不再是我。

回忆时，只有些温暖和少年的影子。

还有还有……

值得念想的人或事总是那么多，却光影般悬浮，没有细致的纹路：譬如说二〇〇〇年冬天的某一场大雪，以及那个雪天里我们刚刚结识的人。转眼到了二〇〇四年的夏天，所有人全部销声匿迹。那个北方落后且贫乏的工业小城，吞噬了我最明净纯粹的青春。

我不知以如何一种姿态去抵抗时光。流水一样哗啦啦。带走了谁，如何挽救？

写下一些文字，像荒凉原野上的花。

每年春天到来的时候，心里多少都会有些暖意。想到大团大团的白色花朵盘踞枝头，成簇成簇盛放，开得张狂、热闹。问问花朵，如此烂漫的时节是否可以安静地行走、放下心事，成为孩子，孩子总是好的，有如纯良的小兔，对未来存有幻想，可以坚持，可以哭泣，可以依赖温暖，可以轻松获得友谊和宽容。

可是，我知道回不去了，回不去了。

我在和自己打赌：看谁更能和面目可憎妥协，谁学会了妥协，谁就是最后的胜利者。

『2002·四年旅程』

对更多的事物、人以及铺展在眼前的世界抱有幻想和卑微之心。容易欢乐、感伤，并且习惯接受别人，亦可忍受单调如同直线的生活。每天黄昏到图书馆去看书，一直到闭馆，看林林总总的杂志，温习外语，把题目反复地做——我是男生里最努力的一个，却在很多时候难以拿到最好的奖学金。我不愿承认自己是个笨蛋，只是厌倦了一些人，厌倦了虚模假势的考试和虚模假势的人——我目空一切又胆小如鼠。

开始逃课。

无聊。逃掉之后依然是无聊。在上午暖洋洋的光亮里坐住。和常陪在自己身边的朋友们说笑打闹，或者一起在校园里，马路上荡来荡去……

那时已经从学校破旧的宿舍搬出来，这似乎是一道分水岭。之前我是一个孩子，之后我就是有心事的大人了——原来大人和孩子的区别就在这里。

坐在你的夜晚，被你洞穿，不停地反复拭泪。

夜那么静。

只有我们，睡在不同的床铺上，像两条疲惫不堪的狗，坚持说话，一直到天亮。

然后，各自沉沉睡去。

走廊里传来了各种声响，所有的男孩子从被子里跳起来，叮叮当当地开始了新的一天，打球，谈恋爱，考研，过级，泡吧玩CS或者打传奇，去小酒馆醉生梦死……总之有很多事要去做，去忙，去报废我们手中尚且剩余的打折的青春。似乎只有我一个人无事可做，独自坐在那儿伤春悲秋。

在任何地方，以任何一种方式姿态生长，都是我目力不能及的。有时想，人生确实是树，拥有众多分叉，我走到今天，也是做了成千上万个选择的。譬如说某年某月某日某个午后，向左走而非向右走。如是而已。

有几个夏天，我去我所借居的那座城市里会见一个诗人。他长得又高又瘦，留着长发，经常抽烟，远远看着，有摧枯拉朽的趋势，我常担心，有一天，他的骨架会坍塌。那条光线晦暗的阴长走廊，每次告别时固定的招手，隔着一张书桌的谈论，窗外爬满了一面墙的藤蔓——我不知道那是什么，忧伤时候叫它忍冬，快乐时就叫爬山虎——这些细节连同他成行排列的文字一起横冲直撞地进入了我的生活，浸淫着我的内心。讨厌来与去需要借助的20路公交车。从那个在雨水中疯长着的夏季开始，我的内心一片狼藉，荒烟蔓草，再也无法寻找到回去的道路。

　　终于知道，文字有时候是毒药，像罂粟，握住它，不断靠向生命的暗涌，以为这不过是一场纵火游戏，可以随时抽身，可我却错了。

　　记住一个秋天。
　　记住一个冬天。
　　记住一些往事的片段，一些面目模糊的人。

　　四年。匆匆。如此。

『2004·内陆之海』

　　我觉得自己正变得沉重起来，不断下沉，光亦减少。我感觉到平衡，气泡在我耳边，破。我像一枚将沉入水底的石子，被打磨得失去了棱角，日渐平和。淙淙的流水声划过我的头顶，不知疲倦地歌唱着哗啦啦的歌曲。

　　我很容易就忘记了自己是如何跌跌撞撞地走到今天这一步的，但对来路时刺痛我的蒺藜却记忆犹新，那些不能遗弃的有着尖锐锋刃的片段。坐在如同纠结的蚕丝的回忆里，试图用笔理清，终究是一场梦，从过去到现在，从现在到未来，不过是一场连着又一场的痴人说笑。醒来时，已是冬天，雪开始落，薄薄的一层，城市的天空有了斜度，在目力不及的一端倾斜下来，白色飞鸟刺破远处柔软的天空。

我给一个人说，和你一样，我也讨厌一些人，面目可憎，可我们什么也不能做，只能站在那，沉默。本来我就是一个与世无争的人，为什么他们总是把我当成对手来看待？

希望可以有自己的一个地方，属于自己，听音乐，看电影，看书，做一些简单却充满了生活细节的事……有一个朋友，在最困难、没有方向的时候，可以站出来，站在我的左边，和我站成一排，对我说，别怕，我们在一起……

执子之手。

我相信每个人都是一片大陆，肯定有一道浅浅的海湾藏在大陆的腹地，那是一片太过柔软的海，蔚蓝色的，接近了海，你会看到逼仄现实外的另一个世界。它没有光怪陆离的奇崛，只有纯净的美，水天相接的蓝，叫人心碎。多想把它裁剪成一件外套，把自己弱不禁风的身体囚禁在里面，如此贪恋温暖。

是的是的。你说的对，我不再和你辩解了，从来我都是一个破碎的小孩。

骨子里，我是一个孤独的小孩。

我说，我长大了。

只有庞大的落雪听我说，你们都走了，我拉一下手都来不及，这么曲折的夜，漆漆无光。我潜入海底，变成一条鱼，遍体鳞伤，苟延残喘，我吐出的气泡呼啸上升，破出水面。

破。破。破。

另外一些时候，我站在汹涌的生活面前，瞠目结舌，充满感激。每天早晨去学校，需要穿过一个人群密集的早市，有许多人在早市上穿梭，偶尔停下，停在某一件物品前面，人与物的缘分就这样诞生。那人呢？人也是如此吗？在某个固定的市场之上，每个人都是一件物品，供对方挑选？

那个早晨，我看见一个老人站在一辆长途客运车的面前，手中的拐杖被高高地举起来，挥动自如，她的动作过于熟稔，我几乎不再敢相信自己的眼睛了——她并非一个精神病而是一个女交警——四面八方全是人，司机有点急躁，按了刺耳的喇叭吓对面这个瘦小干枯的老人。

老人也许不知道，她正在和一个庞大的现实世界对峙，她的幻觉世界太强大了，大到她的脸上不存在任何畏惧。你看你看，脸上还带着淡淡的微笑呢。

身体一直有各种各样的病，然后陷入各种世俗杂务之中，我只能抽出一点点的空隙，站在我的海洋前，一个浪打过来，湿了我的眼……

又想起海子的诗：我只愿面朝大海，春暖花开。

『2006·世俗生活』

杨杨发短信提醒我今天有《快乐大本营》的时候，外面正噼里啪啦地放着烟花，像是要过年，后来短信里秀秀和周游跟我说今天是小年夜。我跑到阳台上去看外面的烟花。挺漂亮的。

看了一会，觉得挺无聊。就回来继续写小说。写完之后我下楼去买了酸奶、豆浆、牛奶、卤肉饭、矿泉水、甜橙、豆花串……塞了满满当当一袋子就跟我此刻的心情一样。小孩子在放鞭炮，突然砰地一下响起来。吓得我浑身寒毛直立。

不远处，又是轰隆轰隆的炮声。

真的是小年夜？

小海在我吃晚饭的时候发来短信跟我说他还在备战高考。连小年夜都要学习，真是……然后我们俩讨论了一下他未来的嫂子的问题。可是没等我高谈阔论呢，手机就没电了。觉得有点遗憾。

觉得遗憾的事好像还有很多，比如说还有小年夜我找不到一个人跟我出去山吃海喝，或者说写完了小说也没人跟我出去庆祝一下。再比如说有时候想想，其实我在这城市里是个挺孤单的人呢。所以小海才会跟我说要是有嫂子了就不会孤单了。我举起四只手表示了一下认同。

不过还是很幸福的。

幸福的事就是在这一刻，涌塞在我心里的满满当当的感激。感激还有那么多朋友没有离开我，一直在我身边，在我高兴的时候、难过的时候、找不到方向的时候、被别人背后捅刀子的时候站出来，站在我身边。

而我一直有个希望，希望我和我所有的好朋友都能生活在一个城市里，我能够在想念他们的时候随时打个车开到他们家门口去，把门砸开，在一起吃喝玩乐。而不是现在这样，孤单得都快被风给吹到天上去，变成一颗又渺小又可怜的星星了。

呐，一个愿望而已。

就这样吧。

二〇〇六年就要过去了啊。

昨天我晚上回家的时候看到了一条流浪狗。像是丢了主人吧。它蹲在马路中间，往远处焦急地张望，就算是迎面来了汽车，它也一动不动。真像是个倔强的小男孩呢。当我花了半个小时把自己的肚子填饱后，它仍然盘踞在马路上，好几个人都注意到了它，试图将它带走，可它宁死不屈，我也凑过去，朝它表示好感，可它远远躲了我，还是往远处看啊看的。

也许是它的主人丢了它呢。要是那样的话，它就太可怜了。然后我就发短信给在火车上的周游说了这个情况，顺便表达了一下我的同情心。周游却很嘲嘲歪歪地跟我说，可是，你又不能收养它，是不？在中国，流浪狗比流浪汉更受媒体重视。再接下来的一条短信是，呐，你收养一个流浪女吧。

一个月以前，妈妈来沈阳看我了。

因为读书的缘故，十五岁就离开家，以后的十年里，我离家越来越远，跟父母的交流也越来越少，有时候一年只能见到一面。

要不是我的原因，妈妈怎么也不会来到这个城市。

我站在车站的出口处等妈妈乘坐的那班火车到站。在出站口混杂喧嚣的人群里，妈妈提着大包小包出来了，表情无助得像个小孩。

对于这个城市陌生到甚至不知怎么去乘车，除了我之外，没有第二个熟人，如果说不是因为我的话，那么妈妈就跟这个城市再没有一丝瓜葛。就像我一年半以前来到这里一样，站在人来人往的街道上，空荡荡的孤单像是龙卷风，把我吹得东倒西歪。

我走过去，帮妈妈提起包，然后叫了辆出租车。

马上就可以吃到妈妈做的饭菜了。

『2007·这么多年』

"有意思"或者"生活是多么幸福"这类的感慨从来不全是由丰富而美好的事件制造的，更多的是一种心态，而少年人因为性情简单而更容易直接感知到这种感觉。去年夏天的时候，和小海、小关、张磊在午夜的街道上晃晃悠悠，路灯孤零零地在马路两边站岗，光线把我们四个人的影子拉得顾长。因为之前玩了好几个小时的跑跑，走路也觉得两只脚像是安装了轮子，轻飘飘的。

小海家的楼下是一条喧闹的街道。

甚至在短短的梦境里，我感觉窗外有一座被装了好多指示灯的高架桥，列车像是长了翅膀一样从窗边掠过。

中间醒来一次，小关在我身旁美好地呼呼大睡。

世界突然凹陷下去，剩余的空间被塞满了大把大把的宁静。

真美好。

一年以前，潦倒到夜晚出去上网，找不到回家的路，站在网吧的门口看着大雨一筹莫展。

有一段时间像是着了魔，好几个晚上做同一个梦。就是小说里小堂做的那个梦，向西一直走，一直走，像是唐僧取经一样，走了好远好远，终于抵达了世界的尽头，到处都是一片汪洋，灰突突的海水，以及在天上盘旋的大鸟。我站在黑色的礁石上，前所未有的苍凉席卷着我。

我不能破解这到底意味着什么。

那几天反复查周公解梦和星象运势之类的东西。

周游说，是怀揣着对未来的美好愿望，却又心怀忐忑的意思吧。后来就把这个梦交给小堂了。希望小堂会喜欢。

呐，就是不喜欢也没办法。

感谢刚刚过去的二〇〇六。

贫穷、窘迫、恐惧、拒绝、漂浮、孤独、茫然、疾病……如果说这些词都可以盘点我的二〇〇六的话，那么排在最后的还有一个词，就是，幸福。这个词很重要，因为前面所有的那些都是铺垫，都是为了最后的幸福而故意被上天设置的善意的铺垫。

涉过死之山谷的苦，才知生之泉水的甘。

那么感谢生。

感谢生命中遇到的那些人。

小关说，就算是下地狱，我们也要一起猖獗。

就在修改这个小说的时间里，正是我上一本书《青耳》的宣传期。出版社为我考虑，把第一站签售安排在了鞍山。二〇〇四—二〇〇五一年时间里我在那里生活、写作，虽然孤单，却也交下了很多朋友，多到无法一一细数，在电视台录节目讲到那段生活，我忍不住掉下了眼泪。

那是一种猝不及防的感动。

我常常会梦见你们，穿白衬衣，把袖子翻卷到小臂处，在篮球场上挥汗如雨的少年。夏天里，坐在窗下刷刷地写着卷纸，看见我时会笑眯眯地问好。到如今，也会在半夜的时候发短信给我说："呐，水格，你一定要加油哦，我很看好你的。"

《青耳》签售会上，你们排起长长的队伍等待我的签名，你们挥舞着手臂大声喊"水格，我爱你"的时候，我的眼里渐渐笼上了一层雾，雾气中，你们是一个个发光的少年，温暖地照耀着我。

　　其实我没说，我也很爱你。

　　感谢读到这本书的你。

　　呐，我已经看到了你天使的翅膀。

读者手记　>>>>>>

时光转角处

+ 麦坚

在北方潮湿的雨夜里，我读完了《逆光》。雨水暴躁的节拍，仿佛是一种内心的交响，在寂静的时刻，次第复苏。夜越来越深，似乎要熄灭的雨声，陷进黑暗的梦境之中，突然之间，这座城市变得安静和透明。真的仿佛还在青耳城里，一场暴雨过后，夏天也就渐渐地走远了。

而今九月，已秋天。

青耳中学又开始热闹起来了吧。他们又回到学校了吧。再次看到彼此，又该有怎样的感受。是谁说，苍老的岂止是心境。想起了一句词，"人生若只如初见"。可是，如果让他们再选择一次，我想一定会义无反顾地走下去。不一样的成长，但却有一样的温暖和美好。充满了善与美，年少的隐忍，爱与关怀。它在向我们证明，生命有一种必然的丰富。

我喜欢弥漫在小说里的华丽的颓废和清冷的疏离。恰同学少年，风华正茂，趁年华。所有的绚烂，所有的凋零，都在时光之外。就像少年的一次集体追忆，他们一起走在色彩陈旧的电影里，在岁月的枝头，展开一阵阵温柔的爆炸。只有语言的花朵能够祭奠过去，只有词语的哭泣才能赞颂记忆的美好。我总是有如此的幻想，其实，我知道，我只是想见一见锦念和小堂。还有传说中的青耳中学。

如同一次静默的怀念。

这一段生活属于谁，似乎并不重要。或许我已经明白，青耳，俨然是心灵的最后归属。

水格的小说有一种宁静而深沉的气质，在他所塑造的世界里，一个又一个词语躺着，发着光，温暖，清凉。这是一种慢吞吞的美妙的姿态，在高速公路连接世界使世界变得越来越快的时候，在人们的记忆越发同质和短暂的时刻，水格却停了下来，用冥想的方式为自己也为世界刹车、减速。所以，读着水格的小说，有了无数关于少年时代的幻想。

姜文说，阳光灿烂的日子。

我曾经的校园里，有大片大片的香樟，夏天来临的时候，树荫斑驳地碎落，一地明亮。走在午后的道路上，坐在傍晚的操场上，听风寂静地穿过记忆的悬崖。我感觉自己是幸福的，读着喜欢的文科，捧着小说到处走。一年又一年，没有改变。

这些天，一直下雨，看着天空汹涌的云朵，心里有着无限温柔的惆怅。我那么怀念，一个人的时候，那些过去的片段就蜂拥而至，但回忆起来却模糊了细节。它们并不遥远，却一去不复返。

不是行将哀伤的告别，而是一次真诚的回礼。也许正是因为如此，再次回到小说的世界里，它唤醒了我心中久远角落里的回忆。

正如《诗经》里的句子，维以不永伤。

陈锦念。堂兴圣。黎朵朵。沈哲。秦斯。谢沧澜……不再是简单的姓名，而是一部解释青春的词典。当我们翻开这一页时光，就会发现别一种意味的成长。水格的小说，总上有着密集缠绕的叙事，它的方向不是前后，而是左冲右突，一匹脱缰的时间之马。《逆光》，指向光的背面，指向现在的站立，指向一个远比天气复杂的将来，带着灵魂作持久的飞翔，穿越高山，穿越湖泊，穿越人物、时间、地点，抵达另一个夜晚。

世界尽头的雨水和我们的十六岁。

固执的少年写作

+ 顾天蓝

我和水格相识一年多，只有过三次见面。

第一次是从广州飞到沈阳蹭他的饭，第二次还是，第三次是我要从沈阳去青岛，托他帮我买机票，并送到乘坐机场巴士的地方。这次依然是我"欺负"他，虽说只是机票的那十块钱零头和一瓶冻的百事可乐。从这三次加在一起总共不超过十小时的会面看来，我都是占便宜的那一方，所以今天才在右手受伤的情况下，用左手以一指禅的方式写下这篇阅读手记。

正如其他编辑所质疑的那样，"顾天蓝你说你怎么就能跟水格混成这么好的哥们呢？水格明明就是个传统而敏感的人，而你不但是个女生，还粗鲁好动。"这大概就是所谓性格的互补吧，我和水格所拥有的，正是彼此身上最为缺乏的东西，基于此种需求，莫名其妙就混成了好哥们。人与人之间的缘分是妙不可言的。有些人相处十年未必亲近，而有些人只要一天甚至几个小时就够了。我想读过水格小说的人，都会想和他做朋友。他就是这么一个亲切而憨厚的薄脸皮小子。哈哈哈。

水格之前的小说《青耳》，我也写过一篇评论，发表在我曾经供职两年的杂志上。所以，这次看到《逆光》，我有极为熟悉的感觉，"依旧是少年的故事啊，依旧发生在青耳中学"。实话说，对于水格这么多年来始终致力于少年题材的写作我最初是有着不解的，哪有那么多少年的事可写啊？但他就是这么一本接一本地写了出来。后来，我找到答案了，水格本身就是个少年嘛！我还从来没见过像他那么单纯的成年人。初见时他那个平头、白衬衣和灰裤子的形象一直清晰地存在于我的记忆。

我曾经多次邀请水格去广州玩，跑出来之后更是怂恿他出来找我，顺便旅游了。但他总是说，"好远啊"，他说北京已经很远了，他希望就在东北待着。对于我这种喜欢四处浪荡的人来说，实在不能认同他的那种故土难离的固执。但水格就是这样的人，很单纯很固执，他唯一的乐趣也就是写小说。每天下了班回到家里打开电脑就写。

他的文字内敛沉静；他笔下的少年清秀逼真，近乎完美；他坚信善良天性。

《逆光》中，相比堂兴圣与谢沧澜，我更喜欢萧尘明的形象——破碎的过去，黑暗的结束。而小说的末尾，忽然低沉下去的调子急转直上，朝着"温暖和光明飞翔"，从中可以感受到作者内心的希望。此时的窗外，五点半的天空亦模糊地亮了起来。阳光穿透玻璃，照在电脑屏幕的文字上，它们都变成了金黄的颜色，仿佛一小块一小块金色的阳光冲着我轻快地眨眼。

《逆光》第四回里有这样一句描写："那个把头发弄得花里胡哨跟个鸡毛掸子一样的理发生"。哈哈，这句话让我想起了水格那"三块钱的脑袋"，它是有一个典故的。大约一个月前，他很苦恼地对我说，他头发又长了，但真不想剪，每次剪了头发都要被同事嘲笑一个礼拜。我问他为啥？他说难看。我说不会吧，现在发型师都没那么烂吧，否则怎么混下去啊。他告诉我，他剪的是三块钱的头发。我当时笑得趴在键盘上起不来，我说，"水格你这个山顶洞人，爱斯基摩人！三块钱的头发是上个世纪的老古董了，你还真念旧！"他说，"十五块那种就很好。"我说，"那你就去剪十五的吧，能让人少嘲笑几天。"他又说，"一下子从三块涨到十五块心理一时无法接受。"我就没辙了。后来有人出了个高招，这个月剪三块的，下个月剪十五块的，相当于每个月剪头发花九块，而十五块的脑袋再被三块钱的师傅修理了基本上也不会差到哪儿去。水格你一定要记住啊！这是了不起的心理学的临床运用，哈哈。

这件事不是一个笑话，而是一面能反射水格内心的镜子。是的，他对这个奢华变幻的世界没有多少感应，他大多时间把流行与时尚抛之脑后——从他小说的某些细节描述里就能看出来——只在苦闷时讲过3块钱的脑袋或者说说"顾天蓝你什么时候来沈阳给我设计个形象吧"之类的话，其他时候他都在认真地写小说，做杂志。当一个人对物质世界充满钝感的时候，他的内心世界是无限庞大而充满纷繁的变化的。这从水格的小说里可以轻易得出结论，他那些关于心理与环境描写的文字，那些真实的反映人心与情境变化的小细节，都是他在孤独的写作中所体味到的。

而这并不代表他缺少生活，他在没有进入出版社之前是某高中的语文老师，他教过的学生们直至此时还与他保持着良好互动，他们依然喊他老师，又尊敬又玩笑的口吻，但那浓浓的亲近感是无法被时间与空间的阻隔所抹去的。真的，每一个，只要见到水格的人，都会愿意与他做朋友。也许他会对你倾诉他的诸多烦恼，但你同时会得到一颗最纯净的心灵——坦诚、质朴、沉静。

而我，在写这些文字的时候，忽然想到，应该再去蹭一顿水格的饭了。半年多没见，真想念他。

图书在版编目（CIP）数据

逆光/水格著．－北京：作家出版社，2008.1
ISBN 978－7－5063－4145－5

Ⅰ．逆… Ⅱ．水… Ⅲ．长篇小说－中国－当代
Ⅳ．I247.5

中国版本图书馆 CIP 数据核字（2007）第 160880 号

逆 光

作者：水 格
责任编辑：王婷婷
装帧设计：瞿尤嘉
版式设计：麦 坚
出版发行：作家出版社
社址：北京农展馆南里 10 号　　　邮码：100026
电话传真：86－10－65930756（出版发行部）
　　　　　86－10－65004079（总编室）
　　　　　86－10－65015116（邮购部）
E－mail：zuojia@zuojia.net.cn
http://www.zuojia.net.cn
印刷：紫恒印装有限公司
成品尺寸：152×225
字数：200 千
印张：15.5　　　　　　　　插页：7
版次：2008 年 1 月第 1 版
印次：2008 年 1 月第 1 次印刷
ISBN 978－7－5063－4145－5
定价：22.00 元